W0005097

Et vous avez eu beau temps ?

Philippe Delerm

Et vous avez eu beau temps ?

La perfidie ordinaire des petites phrases

Éditions du Seuil
25, bd Romain-Rolland, Paris XIVe

IL A ÉTÉ TIRÉ DE CET OUVRAGE TRENTE EXEMPLAIRES
DONT VINGT-CINQ EXEMPLAIRES DE VENTE
ET CINQ HORS COMMERCE NUMÉROTÉS DE H.C. I À H.C. V
CONSTITUANT L'ÉDITION ORIGINALE

ISBN 978-2-02-134278-9 (éd. brochée)
ISBN 978-2-02-138636-3 (éd. de luxe)

www.seuil.com

Et vous avez eu beau temps ?

Et. Quelle traîtrise virtuelle dans ce mot si court, apparemment si discret, si conciliant. Dire qu'il ose se nommer *conjonction de coordination* ! Il faut toujours se méfier de ceux qui prétendent mettre la paix dans les ménages. De ceux qui se présentent avec une humilité ostentatoire : je ne suis rien qu'un tout petit outil, une infime passerelle. Vaille que vaille je relie, j'attache, je ne m'impose en rien.

Simagrées de jaloux minuscule. Les rancœurs ont cuit à l'étouffée dans ces deux lettres faussement serviles, obséquieuses tartuffes.

« Et vous en prenez beaucoup ? » est-il demandé au pêcheur que l'on voit relancer sa ligne en vain depuis trois quarts d'heure. « Et vous n'entendez pas les trains ? » s'enquiert-on auprès de ce couple qui vient d'emménager près de la gare. « Et ce n'est pas salissant ? » interroge-t-on le propriétaire de ce coupé Alfa Romeo d'un noir éblouissant. Si vous avez le malheur de déclarer avec un peu de flamme votre amour pour Venise, vous ne serez pas surpris d'entendre un « Et ce n'est pas trop touristique ? ».

Mais la duplicité atteint son point d'orgue au retour de vacances estivales, avec ce « Et vous avez eu beau temps ? » si pernicieux qu'on s'en veut de ne pas rétorquer par l'insolence. Il faudrait avoir peut-être la morgue de Bloch, à qui le père du narrateur de *La Recherche* demande s'il a plu :

– Monsieur, je ne peux vous dire absolument s'il a plu. Je vis si résolument en dehors des contingences physiques que mes sens ne prennent pas la peine de me les notifier.

Mais on sait bien. Dès qu'il a le dos tourné, cette réponse le fait taxer d'imbécillité. On est d'accord. Il n'y a rien de plus important que le temps qu'il fait. Ce pouvoir de la météo donne à nos interlocuteurs une emprise exaspérante : c'est par là qu'ils nous tiennent. Et si la nature humaine ne change guère, elle a un peu évolué sur ce chapitre. Je me rappelle avoir entendu poser la question à des voyageurs à une époque où il pouvait y avoir une vraie curiosité à cet égard, voire une sollicitude expectante. Mais aujourd'hui où les bulletins météorologiques affolent les sommets de l'audimat, où l'on détient l'ubiquité de la connaissance du beau et plus encore du mauvais temps, il est très pervers de sembler se soucier : « Et vous avez eu beau temps ? » Car vous le savez trop, j'ai eu un temps pourri. Grand bien vous fasse.

Renvoyé de partout

Il faut en faire beaucoup pour être renvoyé d'un collège ou d'un lycée. Les chefs d'établissement qui recourent trop souvent à cette procédure sont sévèrement jugés par leur hiérarchie. Être exclu deux fois est exceptionnel : cela concerne seulement de sacrés loustics. Au-delà, on tombe dans le grand banditisme programmé, ou le fantasme.

Pourtant, tous ceux qui ont eu une scolarité chaotique l'affirment sans ambages : ils ont été renvoyés de partout. Ce *de partout* sonne haut et fort comme une déclaration d'insoumission absolue. Vous avez affaire à un être libre, débarrassé de toutes les compromissions de l'obéissance. On peut sans doute lui prêter les mêmes dispositions d'esprit pour aborder les difficultés de sa profession actuelle, même si cette dernière semble peu compatible avec une attitude farcesque, insolente, voire provocatrice dans les cas d'urgence.

Il n'empêche : toutes ces exclusions historiques vous incitent à accorder a priori un brevet de franchise à celui qui les revendique. En fait, et c'est là le seul petit hiatus, vous savez qu'il est impossible d'avoir été renvoyé *de partout*. Mais cette surenchère même peut donner un certain charme au personnage bouillant, bouillonnant, hors norme, irrépressible. Il en fait un peu trop, c'est sûr. Mais il y en a tant qui n'en font pas assez, limitent l'évocation de leur passé scolaire à un transit trop prévisible et tristounet. Vous-même, dans cette soirée amicale, vous avez joué un rôle qui vous semble à présent bien terne, en évoquant les ridicules d'anciens profs, et la conversation a ricoché, plaisante, équilibrée.

Il attendait son heure, sourire aux lèvres, et déjà goguenard.

– Et toi ?

– Oh moi, j'ai été renvoyé de partout !

Comme vous, il avait déclaré que la mousse au chocolat était une tuerie. Ce compliment avait son prix. Il venait d'un rebelle.

Je le lis chez ma coiffeuse

« C'est bon, la honte ! » affirme dans une publicité pour un yaourt à la blancheur céleste une jeune femme au regard envoûtant-envoûté, léchant sa cuillère en perversion confuse. Beaucoup moins facile d'avouer la honte d'avoir lu les potins de la société, de s'être régalé du poids – bien relatif – des mots, et du choc – souvent succulent – des photos. Il y a des journaux qu'on arbore – certain hebdomadaire satirique paraissant le mercredi, par exemple, dont les acheteurs, surtout mâles, adorent déployer les pages dans le métro, dans le train. Ils ont raison. On ne leur aurait pas nécessairement prêté a priori cette belle intrépidité critique que leur lecture annonce et certifie.

Mais pour ce qui est de ce magazine tout aussi hebdomadaire évoquant l'intimité des célébrités les plus variées, la consommation exhibitionniste est beaucoup moins pratiquée. Rien de scandaleux pourtant dans ces reportages policés, réalisés avec l'accord manifeste des vedettes de la politique, de la télévision, du cinéma, de la chanson. Elles n'y révèlent guère que ce qu'elles ont envie de montrer : une image de leur vie le moins luxueuse, le moins scabreuse possible. C'est étonnant comme tous ces gens qui tiennent à assumer un destin de star souhaitent en même temps paraître simples, sains, normaux. Ils jouent avec leurs enfants, font leurs courses et parfois la cuisine. Ils sont comme nous.

Pourquoi dès lors cette gêne à révéler qu'on est gourmand de leur actualité modeste et sensationnelle ? L'article dit bien que cette maman patiente qui lit une histoire à son petit garçon va remplir l'Olympia pendant trois semaines. Mais c'est ainsi. On dit : « Je le lis seulement chez ma coiffeuse » comme si ce temps d'attente était une petite bulle de superficialité autorisée. On est là pour être plus beau, il y a une forme d'humilité à le reconnaître, alors on a le droit aussi d'être un peu plus bête. On feuillette, on remarque en souriant que c'est à chaque fois pareil, le truc de Claire Chazal pour paraître jeune et branchée c'est de marcher pieds nus sur sa moquette, n'empêche, j'aimerais bien avoir sa silhouette. Mais c'est tout un boulot, ces gens-là passent un temps fou en salle de sport ou au hammam ; on en parle avec la coiffeuse, qui n'est pas mal non plus. On ne sait plus très bien où commencent la normalité, le bon sens, la simplicité, la sophistication. Ce magazine est fascinant et stupide, il m'attire et je le déteste, je le lis seulement chez ma coiffeuse.

N'oubliez pas…

Il aime parler. Dans cette émission où on est censé prendre de la distance sur un sujet politique ou historique, il ronge son frein quand le journaliste recadre les propos avant de lui poser une nouvelle question. On l'entend alors pousser des petits « hum » sans doute approbatifs dans leur principe, mais qui ressemblent davantage à une espèce de ahanement d'impatience ou de douleur. Son impétuosité rentrée déferle dès qu'on cesse de le museler. Il est alors comme un chien ivre d'espace sur la plage après une longue réclusion automobile. Il a tant à dire sur le sujet qu'il en bafouille. Trop de termes familiers lui viennent aux lèvres : il voudrait tous les utiliser en même temps. Et puis il se corrige, retrouve l'ampleur d'une période convaincante et modulée, suffisamment confortable pour que vienne bientôt le « N'oubliez pas… ».

Ah ! comme il est perfide, le « N'oubliez pas ! » de l'omniscient. Parfois, c'est une prise de hauteur à double détente, presque un truisme – « N'oubliez pas que l'Angleterre est une île ! » – mais dont il fait son miel avec une dramaturgie de la finesse qui contraint à réviser le stéréotype. Ah oui, dans sa bouche la phrase veut dire bien plus qu'elle ne dit ! Il a ce don de voir de si haut que les maximes à ras de terre se gonflent à l'hélium et montent au ciel de la subtilité.

Plus souvent, le « N'oubliez pas ! » est plus condescendant encore, car il précède une précision des plus pointues que seul un spécialiste monomaniaque ou un rat de bibliothèque peut connaître. Légèrement offensant pour l'homme des médias, accusé de ne pas utiliser à bon escient une notion qu'il n'a jamais eue. Mais après un peu d'emballement, tout cela reste d'une grande courtoisie d'apparence. Nous sommes entre gens de qualité. Pour l'orateur, les gens de qualité sont ceux qui l'écoutent.

Je me suis permis…

Ce sont des mots prononcés presque à reculons, dans une tessiture si blanche, avec un geste du bras si apeuré qu'on a l'impression tout à coup d'être transformé en statue de cristal. Sans être rudoyé, on supporte d'habitude un peu moins de déférence. L'ordre du monde ne semble pas bouleversé. Ce sont des phrases de commerçant : *je me suis permis de mettre les crevettes à part, d'ajouter un petit chiffon pour nettoyer vos lunettes, de vous proposer le catalogue de l'année prochaine*. N'ayant pas recours aux services ancillaires, vous ne rencontrez guère l'affectation des *je me suis permis* que dans un cadre commercial où la servilité ne s'impose plus de nos jours. Trop insistante, elle fait crisser des dents comme la craie sur un tableau.

Vous n'y pouvez rien, votre *vous avez bien fait* a quelque chose de bougon. Ce qui agace, c'est la théâtralité. Le service rendu semble d'évidence, il ne risque en rien de vous bousculer. Vaut-il la mise en scène ?

Et puis, dans l'obséquiosité, sous le respect trop absolu se cache un peu de perversion. Auriez-vous remarqué la délicatesse de mon attention si *je ne m'étais permis* de la souligner moi-même, les yeux baissés à l'avance dans une absolution pour la faute infime que vous n'avez pas même eu le temps de ne pas commettre ?

Allons, relevez-vous, le poissonnier ou l'opticien n'ont pas pour moi vocation à se mettre à genoux dans une onction extrême. Je suis un client, pas un dieu. Je vous dispense des fumées de l'encensoir et me libère effrontément de l'aveu de ma contrition.

Je crois que je vais faire encore avant toi

Ils ne devaient jamais se recevoir l'un chez l'autre. Ils se parlaient très peu. La presse, la télévision, le pays entier les comparaient sans cesse, les opposaient. Eux se coudoyaient sur le bitume. Il y avait la France de Jacques Anquetil et la France de Raymond Poulidor. On ne savait pas que c'était la même. Ennemis ? On voulait nous le faire croire. D'un côté, l'éternel vainqueur de la seule épreuve qui vaille, l'essence du triomphe hexagonal : le Tour de France. De l'autre, l'éternel deuxième. Mais le mythe n'eût pas été le même sans autres ingrédients. Anquetil gagnait, oui, mais par le calcul, en l'emportant avec une avance parcimonieuse dans les épreuves contre la montre. Poulidor perdait, mais avec panache, des envolées dans les étapes montagnardes et beaucoup de malchance. Et puis l'un aimait le luxe, le champagne, les hors-bords, la belle blonde qui délaissait son mari pour devenir sa maîtresse. L'autre était fidèle en amour, facile d'accès, content de tout ce qu'il avait, sans arrogance.

En fait, ils ne se faisaient pas d'ombre, gagnaient tous les deux de la présence de l'autre. Quand Poulidor perd en 1964 le Tour qu'il aurait dû gagner, l'accolade qu'ils échangent sur le podium est assez longue, assez fervente pour révéler une estime réciproque. Au fil des ans, on voit qu'ils se parlent davantage. Les rôles sont distribués pour toujours, ils ne s'agacent plus de ça. À la fierté solitaire d'Anquetil, il ne manque plus qu'une fin tragique. Le cancer la lui donnera. Et il y a cette phrase peut-être trop belle, prononcée par Jacques à l'hôpital quand Poulidor lui rend visite. Comme si les mots, avec douceur, avec humour, et une fatigue extrême, fermaient joliment la légende :

– Raymond, je crois que je vais faire encore avant toi.

Et tu n'as rien senti venir ?

Il est peu de douleurs plus cruelles que d'être quitté par qui l'on aime. À cet irréductible chagrin, encore faut-il ajouter le questionnement de ceux qui viennent déposer une pincée de sel sur la blessure toute fraîche en demandant : « Et tu n'as rien senti venir ? »

Ah oui, on appelait cela de la confiance, il faudrait à présent y voir de la naïveté ! Comment ai-je pu manquer à ce point de clairvoyance ? Bien sûr, j'aurais dû *sentir venir*. Les autres sans doute le sentaient pour moi, pourquoi n'ont-ils alors rien dit ?

– C'eût été délicat, tu avais l'air si bien, je ne me serais jamais permis…

Est-il si délicat de le révéler après coup, sous forme d'interrogation incrédule, lorsque vous êtes vous-même au fond du trou ?

Mais j'aurais dû sentir venir : la duplicité suit toujours une longue route, et bien des sentiers buissonniers, avant d'éclater au grand jour. De victime, je deviens presque coupable. J'aurais dû voir, et plus encore me comporter autrement, c'est mon aveuglement qui préparait ma perte.

Maigre consolation, on fait alors le tri dans l'amitié. La compassion sincère se dit par la qualité du silence, un geste tendre, un effort de gaieté. Mais au-delà de la tristesse, il faut bien affronter le plus ou moins de fiel des compassions gourmandes. « Et tu n'as rien senti venir ? »

Est-ce que je décrète que j'ai le droit de me faire plaisir ?

Toujours amusant de happer sur un trottoir une phrase détachée de tout contexte. En l'occurrence, ces mots sont prononcés par une trentenaire. Elle parle avec deux copines du même âge, dans un quartier « tendance », au cœur de Paris. Le ton est sérieux, légèrement véhément. L'intensité sonore est forte, nécessitée peut-être par le besoin de couvrir la rumeur du trafic automobile, de se faire entendre par ses amies. Une indiscutable perversité vous pousse à songer qu'au-delà de son auditoire il ne lui déplaît pas de faire sonner sa question aux oreilles d'éventuels inconnus, et davantage encore de la destiner à une sorte d'absolu – l'idée qu'elle se fait d'elle-même.

La perfection de sa syntaxe et de son vocabulaire n'a pas pour vocation la discrétion ni l'effacement. « Est-ce que je décrète que j'ai le droit de me faire plaisir ? » Bigre, il s'agit de décréter, rien de moins, ce qui vous a d'emblée un petit air des plus politiques et volontaristes. Cette violence est toutefois nuancée par sa forme interrogative. Elle est capable d'insoumission, mais en toute réflexion. Sans doute a-t-on abusé de sa patience. On a manifestement eu tort, car elle ne semble guère programmée pour subir. Elle ne revendique pas une envie, un désir, mais un droit. Au politique succède le juridique. On reste dans le froid. On est un peu surpris d'apprendre aussitôt après que le fond du sujet concerne le plaisir. Elle pourrait interroger de la même manière son droit à la mélancolie ou à la solitude. Mais il s'agit de plaisir, ou plutôt de se faire plaisir, avec une forme d'onanisme dans la rébellion. On sent derrière cette proclamation qu'on aurait tendance à subodorer faussement interrogative une surcharge mentale, un étouffement par les autres – sûrement un compagnon, peut-être des enfants, des parents, ou le maillage de ces trois sources d'oppression.

Ce qui compte, c'est qu'elle puisse envisager la gestation de ce tréfonds comme ça, au vol, sur un trottoir, pour deux copines et pour l'assentiment du monde entier, suspendu à l'enjeu décisif de sa question existentielle.

Il faudrait les noter

« Il y avait un cauchemar dans la chambre, mais je crois qu'il ne m'a pas vu ! »

Elle est jolie celle-là, plus émouvante et drôle de sortir de la bouche d'un petit garçon que l'on connaît bien, qu'on aime. C'est peut-être ce qui distingue les phrases cueillies au vol de celles qu'on lit dans un recueil de mots d'enfants. Prononcées par des inconnus, on ne les relie pas à une voix, à un sourire auquel il manque deux dents, à une façon d'être au monde. Souvent aussi, on suspecte le collecteur d'avoir arrangé, un peu triché.

Mais il ne s'agit pas d'éditer un livre, quand on dit chaque fois : « Il faudrait les noter. » On pense simplement à un carnet, à un cahier, à une trace qu'on voudrait garder. On devrait les noter, bien sûr. Mais on ne le fait jamais. Le conditionnel du « Il faudrait » annonce moins une possibilité qu'un renoncement. La vie est faite de telle manière qu'on n'a jamais le temps pour ça, et peut-être plus curieusement qu'on ne saura le prendre. Qu'il faudrait un niveau de sagesse qu'on ne possède pas – et plus étonnamment qu'on ne souhaite pas atteindre.

On vit près d'un enfant. On s'approche d'un mystère. Ses jolis mots nous touchent et nous amusent. Parfois, ils reposent sur une apparente maladresse de langage. Mais on sait bien. En fait, ils sont la marque d'une supériorité. Avec les mots que nous lui apprenons, il dit ailleurs et davantage.

Alors il faudrait les noter, oui. Pour lui, et pour plus tard. Pour nous, surtout. Pour le garder un peu dans cet état qu'on ne possède pas, qu'on frôle, qu'on habite presque. Presque. À quoi bon s'armer d'un filet, et chasser les lépidoptères ? Épinglés, mis sous verre, les mots d'enfant perdraient en quelques jours le velours de leur peau, leurs couleurs micacées, leur mouvement, et cette gratuité légère d'un rire saisi dans l'espace. C'est juste pour les saluer qu'on envisage cette chasse. On ne saisit vraiment qu'en laissant s'échapper. On a tellement raison de ne pas les noter.

Il n'a pas fait son deuil

Une phrase utilisée exclusivement à la forme négative recèle une part de mystère. On dit bien rarement de quelqu'un qu'il a fait son deuil. Comme s'il y avait une sorte de tabou pesant sur un travail estimé par ailleurs nécessaire. C'est étrange. Les gens qui emploient l'expression *faire son deuil* font valoir un concept psychologique quasi clinique, dont ils soulignent l'utilité, dédouanant apparemment l'intéressé de tout sentiment de culpabilité éventuelle. Mais ils trouveraient cependant indécent d'évoquer pour parler de bien-être une formule qu'ils jugent opportune quand elle évoque un mal-être.

Dans ce contexte, on ne parle pas de *mort*. Par sa sonorité même, *deuil* semble paré d'un voile, d'une indécision préférables. Il s'agit pourtant ici de faire face, mais cette opération ne saurait se concevoir sans une forme d'esquive. Et puis il est question de *faire*. Il faudrait vouloir, inventer, fabriquer. Construire un effacement comme on prendrait des planches, des clous, un marteau pour édifier une cabane.

Il manque un mot, dans la bouche de ceux qui disent *il n'a pas fait son deuil*. Et ce mot, c'est *encore*. Pourquoi ne pas le prononcer ? Le sens est bien là : il n'a pas *encore* fait son deuil. Il n'a pas eu le temps… Les impératifs professionnels, les tâches administratives, le refus instinctif de couler à pic ont différé le salut profond, l'acceptation de l'inacceptable.

Aux actualités, quand on retrouve le corps des disparus, après une catastrophe aérienne ou un attentat le journaliste affirme, péremptoire : « Les familles vont pouvoir faire leur deuil », comme si l'acharnement à retrouver trace débouchait mécaniquement sur une possibilité de sérénité recouvrée. La société entière souscrit à ce programme collectivisé. Cet accompagnement forcé a quelque chose d'obscène. Car on est toujours seul en face de la mort de ceux qu'on aime. Et s'il y a vraiment deuil, on a le droit aussi de ne jamais le *faire*.

Ça, c'était l'été 98 !

– Garanti ! Ça, c'était l'été 98. D'ailleurs, en 99, on n'est pas allés en vacances au Pouliguen.

– Comment tu peux être sûr de 98 précisément ? Ça faisait dix ans qu'on allait en vacances au Pouliguen !

Le débat ne s'arrêtera pas là. La véhémence va monter, avec de chaque côté des demi-arguments qui ne convaincront pas. Tu es certain que tu as porté cette chemise-là seulement en 98 ? C'est dommage qu'on ne voie pas Clément sur la photo, on aurait su tout de suite !

On ne sait pas trop pourquoi c'est si important d'avoir raison dans cette discussion-là. D'habitude, sur des sujets beaucoup plus graves, on ne se livre pas avec autant de fougue. Mais c'est ainsi. Minime en apparence, l'enjeu est en réalité de taille, surtout si l'on devine assez vite qu'il n'y aura ni vainqueur ni vaincu, les pièces à conviction demeurant incertaines. En fait, il ne s'agit pas tellement de l'emporter sur l'autre, mais d'avoir raison pour soi. Ce ciel bleu sur la jetée du Pouliguen, je veux que ce soit celui de la victoire de la France en Coupe du monde, celui de mon embauche à la SACM, celui qui précédait la première rentrée scolaire de Clément. Je ne sais rien de l'avenir, le présent est insaisissable. Mais je ne peux rester vague avec le passé. Le sol se déroberait sous mes pas.

La frénésie qui s'empare de nous pourrait faire croire que c'est l'excitation d'un jeu : je veux être le plus fort au quiz de la mémoire. Après tout, dans la vie, l'occasion vient souvent de s'agiter avec un peu d'emphase, pour avoir le dessus, pour vaincre l'autre.

La lutte n'est pas de même nature ici. Oui, nous vivons ensemble. Tu es mon seul vrai témoin. Si la vie nous séparait, cette façon de regarder le passé n'aurait plus aucun sens. Cette véhémence que nous mettons à ne rien vouloir oublier, c'est une façon d'affirmer que nous n'existons que de cette manière. Restons têtus, mon amour. Je veux l'idée d'être avec toi sous le ciel bleu du Pouliguen. En 98, l'année de la Coupe du monde.

Un jour, peut-être, vous jouerez là, vous aussi

La duchesse de Kent ! Quel archétype de la minceur parcheminée ! À une telle altitude aristocratique, le mot *distinction* n'est plus une qualité mais une essence. Elle est si pâle, si idéalement british, avec ses tailleurs parfaits sur son corps de lévrier. Les mots mêmes, *duchesse de Kent*, semblent avoir été taillés dans la gemme la plus dure et la plus raffinée. Le jour de la finale de Wimbledon, elle s'avance entre les ramasseurs de balles qui font la haie d'honneur. En passant devant le premier, elle s'arrête, se dirige vers lui. Quoi, elle va lui parler ? Non ? Si ! Des siècles de raideur dynastique vont se pencher sur un gamin !

Que peut-elle murmurer à l'oreille du ramasseur pétrifié de déférence ? Elle change peut-être de phrase chaque année. Le doute lui profite, car il serait sacrilège de l'équiper d'un micro. Elle évite ainsi le ridicule subi par le président Jacques Chirac, que tous les téléspectateurs entendirent, lors d'une finale de Coupe de France, répéter vingt-deux fois « Bon vent ! » aux acteurs du match en leur serrant la main, avant le coup d'envoi.

On imagine mal la duchesse demander au ramasseur si c'est bon à la cantine. D'ailleurs, il ne doit pas y avoir de question, car il n'y a jamais de réponse – seulement une rétractation obséquieuse un peu appuyée. Alors, il est permis à chacun d'imaginer ce que dit Son Altesse. Pour ma part, je miserais bien quelques livres sur : « Un jour, peut-être, vous jouerez là, vous aussi ! » Quoi de plus gratifiant que de faire miroiter à un jeune passionné de tennis l'espoir d'un succès dans le tournoi idéal – celui où le trophée du vainqueur est remis par la duchesse de Kent ? Et puis, vu la brièveté de cette intervention si simple et si spontanée, on ne peut espérer beaucoup plus.

Je me trompe peut-être, mais qui pourra me contredire ? La distance nimbe de mystère ce protocole où l'enjouement esquissé sombre dans la componction, une forme de ridicule pour lequel nos amis d'outre-Manche sont toujours prêts à verser une larme. Et les télévisions du monde entier sont là, filment la religion de Wimbledon, font de nous des voyeurs, et quelquefois des pratiquants. Que c'est beau, l'Angleterre !

Tais-toi, tu vas dire des bêtises !

Souvent, c'est la réponse à une phrase esquissée : « Je voulais juste… » En quoi l'autre pouvait-il savoir qu'on allait se lancer dans des remerciements un peu solennels, la déclaration d'une gratitude profonde ? Le visage, sûrement. Une expression plus grave, en décalage avec le butinement confortable des vieilles complicités. Et puis l'installation d'un petit temps de latence, pas venu là par hasard. Une clairière au milieu des phrases trop évidentes, quelle catastrophe, cette élection de Trump, ça y est, Marine en profite déjà pour engranger.

Oui, une pause. Il y avait donc sans doute une attente de part et d'autre. Quelque chose qui ne pouvait affleurer sans rupture. Quelque chose d'assez important pour qu'il n'y ait pas le moindre doute sur le sujet, ni sur l'ampleur de la reconnaissance. C'est gentil, dans ces cas-là, de couper par un « Tais-toi, tu vas dire des bêtises ! ». Tu vas te prendre les pieds dans le tapis, les mots vont être gênants pour toi et pour moi, sûrement sincères, mais trop guindés.

S'agit-il de minorer le service que l'on a rendu, la générosité dont on a fait preuve ? Pas vraiment, et plutôt pas du tout. Si je suis aussi sûr(e) de ce que tu vas me dire, c'est que je sais le prix de ce qu'il y a eu entre nous, de ce que tu as reçu de moi. Mais bon, pas de comptes à rendre, tu en aurais fait autant si l'occasion s'était présentée. Et puis il y a toujours un peu plus de jubilation à donner qu'à recevoir, tu le sais, on s'aime ainsi, sans effet et sans pose. Pour les grands sentiments, bien sûr qu'il y en a, mais on ne va pas plomber la journée avec ça. Le « Je voulais juste » suffira.

C'est pas pour nous

On entendait ça souvent, quand on était enfant. Ce restaurant trop cher, cet hôtel trop chic, ce genre de parfum, jusqu'à cette couleur parfois, pour les filles surtout, cette jupe plissée, ce pull bleu marine : c'est pas pour nous, ça fait couvent des Oiseaux.

C'était modeste en apparence, mais fier, aussi. On sait à quelle caste on appartient, et on n'en a pas honte. Et ceux qui changent de caste en une génération, les acteurs, les hommes d'affaires ? Eh bien, tant mieux pour eux s'ils s'y sentent à l'aise. Ça fait américain, un peu vulgaire, déplacé.

C'est pas pour nous, ça voulait dire le plus souvent on n'a pas assez d'argent. Mais pas seulement. On allait en vacances en famille, pas une famille avec maison en bord de mer.

Des paysans, comme presque tout le monde à l'époque, c'était déjà une chance, il y avait du bon air et de la place – enfin, parfois on dormait avec sa grand-mère. Le voyage était long et à midi on allait au restaurant, c'était exceptionnel. Les parents avaient des gestes contraints, on était gêné de leur gêne.

Peu à peu, on est devenu des gens qui prenaient une location. On était plus riche, puis nettement plus riche, et la société changeait. Quand même, devenu prof, quand on interrogeait les élèves, à la fin de l'année, il y en avait très peu qui partaient :

– Moi, m'sieur, j'irai une semaine chez ma marraine à Évreux.

On n'entendait jamais désormais le *c'est pas pour nous*. On ne pensait pas qu'on ne faisait plus partie des gens qui le disaient. On croyait que la phrase avait disparu. Par contre, on entendait : « C'est un choix. Je préfère un séjour court, mais aller dans des bons restaurants, des bons hôtels. » On disait oui oui, mais on songeait moi je ne pourrais pas, je me sentirais plouc. Et puis, en allant à Venise, on a vu les enfants de la mafia russe sortir du Dianeli en tongues et bermuda, et les garçons à casquette saluaient, déférents. On est apparemment dans un monde où il suffit d'avoir de l'argent pour que ça soit *pour nous*. On peut éprouver la nostalgie d'un monde où l'on disait c'est pas pour nous. Un monde plus simple. Un monde à la Boubat, à la Doisneau. On peut avoir perdu quelque chose qui nous manquait.

Vous êtes allés à la Pointe ?

C'est une question essentielle, cristallisation de toutes les mesquineries et de toute l'angoisse métaphysique : « Vous êtes allés à la Pointe ? » Certes, il faut accepter l'idée que nous sommes tous des estivants moyens de Bains-les-Mers, des Sables-d'Or, ou de Plages-les-Horizons. Mais oui, nous sommes des estivants moyens comme ça. Après, il faudrait distinguer deux camps. Ne parlons pas des autochtones, ils sont dans un espace mental différent. Mais chez les estivants, il y a ceux qui sont déjà allés à la Pointe, et ceux qui en ont seulement le projet. Éliminons d'emblée deux autres catégories dérisoires et quasi virtuelles : celle – ridicule et trop honteuse pour se manifester – des gens qui n'ont jamais entendu évoquer le concept de la Pointe, et celle, parfaitement méprisable, des vacanciers qui n'en ont rien à faire.

Soyons sérieux. On est allé à la Pointe, ou on forme le projet d'y aller. La supériorité de ceux qui connaissent déjà est jouissive. Elle s'exprime avec éclat dans une discussion amorcée à la bonne franquette sur le marché de Bains-les-Mers. Il faut absolument aller à la Pointe. Le panorama est fabuleux. À pied, il y en a pour deux heures, mais par la mer c'est autre chose. Ceux qui ne connaissent pas encore opinent, prennent bonne note, exècrent en souriant.

La Pointe. On pourrait penser qu'au long du port ou sur la plage on est déjà à une extrémité du territoire. Mais non. Il y a toujours un bout du bout en plus, un ailleurs, un absolu que d'autres maîtrisent surtout pour le plaisir sans égal de vous y avoir précédés. C'est vrai pour les vacances à la mer, mais aussi pour tous les voyages, toutes les ascensions, toutes les plongées au fond des gouffres. C'est vrai pour la vie amoureuse, la vie sportive, la vie associative, la vie, quoi. Au jour du Jugement dernier, saint Pierre nous toisera d'un air sévère et posera par pure cruauté la question qui nous aura tués : « Vous êtes allés à la Pointe ? »

Et prends-toi quelque chose

Ça, c'est quand on avait neuf ans, dix ans. On commençait la liberté, pendant les vacances d'été. On partait à bicyclette. On passait devant la maison du vieux voisin, M. Longueboute.

– Tu montes au village ?

– Oui. Vous avez besoin de pain ?

– Si tu pouvais me rapporter une baguette ?

Il sortait de sa poche le porte-monnaie en demi-lune, faisait glisser les pièces, donnait juste un peu trop.

– Et prends-toi quelque chose !

Ah, comme on aimait cette abstraction ! Il ne s'agissait pas de refuser. À la fierté du commissionnaire s'ajoutait cette délicatesse de plonger dans le secret, dans le non-dit. En reprenant la route sous le soleil déjà chaud, on se disait qu'il faudrait rendre un peu d'argent, que M. Longueboute protesterait : « Garde ça, c'est pour toi ! », mais qu'il empocherait quand même les derniers centimes. C'était le tact qui voulait ça : pas d'obligeur, pas d'obligé, un petit dialogue à respecter entre seigneurs de l'amitié.

Et puis, sur la route qui montait dur, il y avait le bonheur particulier du « quelque chose ». Le timbre sourd du vieillard qui avait prononcé ces mots restait dans un coin de la tête. Quelque chose, enfin, une sucrerie, des bonbons, une sucette, tu connais ça mieux que moi. Il y avait une incitation à la fois douce et bourrue dans ce « prends-toi quelque chose », une façon de se retirer du jeu et de savoir en même temps ce qui fait toujours plaisir aux enfants.

Bien sûr, ça serait des classiques : trois Barofrui, ou une capsule de coco et un Mistral gagnant, ou encore un roudoudou et un rond de réglisse. Mais au plaisir reconnu, familier, s'ajoutait l'idée du plaisir que M. Longueboute voulait vous donner, limité dans son prix, inépuisable dans la forme, dans l'intention.

– Tu as trouvé ?

– Oui oui.

Jusqu'au bout la litote, et pas même un sourire. Beaucoup mieux. Quelque chose.

Là, on est davantage sur…

Pourquoi les jansénistes du style sont-ils si cruels avec l'adverbe ? Ils ne voient en lui que remplissage, et méprisent en conséquence les productions certes orales mais cependant bien littéraires d'une corporation amoureuse du langage : celle des marchands de vin. Dans leur cas, il s'agit moins de remplir que de contribuer à faire vider. Mais quand l'échange commence à couler, que le temps ne compte plus, que le lyrisme va monter d'un ton, on n'y coupe pas :

– Là on est davantage sur…

On devine un peu sur quoi on va aller. Un vin plus tannique, robe très noire, un corps plus robuste, peut-être plus agressif, avec quand même des notes de fruits rouges – ah ! les fruits rouges ! Mais ce qui est merveilleux, c'est l'emploi du verbe « être » et de l'adverbe « davantage ».

Là on *est*. L'œnologue distingué est un illusionniste. Il vous vend un produit dont vous restez séparé par une paroi de verre. Et vous savez bien qu'il ne faut pas juger sur l'étiquette, même si certaines sont drôles, élégantes ou surannées. L'homme de l'art vend des mots. Mais le prodige est accompli : *là* on *est*. En quelques phrases enveloppantes, vous êtes convié à pénétrer dans la bouteille. C'est un face-à-face debout, dans la boutique presque austère. Pourtant on éprouve déjà toutes les mollesses, toutes les souplesses d'une dégustation recueillie. Là on est dans son fauteuil préféré ; on fait tourner doucement le nectar au fond du verre, avec une méticulosité d'horloger suisse. Là on est. Suivez-moi, vous êtes perdu, et je suis éclaireur sur votre piste. Vous êtes malvoyant, je vous décris le paysage.

Plus encore, on est *davantage*. La subtilité du choix réside tout entière dans cette modulation. Oublions les prix, on est dans une gamme resserrée, je ne vous fais pas l'article pour m'en mettre plein les poches. L'argent n'est pas un critère entre nous, nous nous estimons trop. On baignait dans la suavité d'un saint-joseph aux fragrances profondes, un peu poivrées, et voilà qu'on est ailleurs, et davantage. Mieux ? On ne sait pas encore. Mais enrichi par l'étendue du choix. Davantage. Cela tient presque du miracle. On ne se connaissait pas cette ubiquité labiale, mais on approuve, on savoure, on est partout. Ici et là, et pas tout à fait dans, mais sur, comme en lévitation.

– Je crois que je vais rester sur celui-là.

Vous étiez avant moi

Le langage parlé traduit quelquefois une perversité que la langue écrite ne peut égaler. Comment ponctuer une phrase qui est à la fois une affirmation et une interrogation ? C'est pourtant ce qu'exprime ce « Vous étiez avant moi !? » qui traduit le plus souvent un scrupule tardif. Quand il s'agit de la queue chez un commerçant, ce dernier évite lâchement de jouer le rôle d'arbitre. C'est un différend qui se règle à l'amiable ? L'expression ne convient pas tout à fait. Disons plutôt : sous le couvert d'une apparence de politesse. Il y a certes une nuance de grandeur d'âme dans la formule. Mais cette magnanimité obéit aussi à une pression silencieuse, voire à un regard un peu appuyé de la personne que vous précédez. Vous avez eu le sentiment de prendre votre tour quelques fractions de seconde avant elle – vous ne faites quand même pas partie de la race des malotrus. Mais maintenant qu'il est patent que l'attente va durer un certain temps, que le côtoiement va persister, vous n'êtes plus sûr. Oh, votre avance était infinitésimale – peut-être même vous êtes-vous un peu précipité pour devancer votre adversaire ? Toujours est-il que la phrase vous est venue aux lèvres, avec une once de remords potentiel et un zeste d'aisance sociale que les années vous ont donné.

Curieux mélange. Certes, vous êtes prêt à rectifier le tir, à céder votre place, et cette concession vous vaudrait le beau rôle. Mais convenons-en : vous espérez une dénégation, qui peut venir sous des formes diverses. La plus agréable serait un net « Non, non, c'est vous qui étiez avant ! ». Vous aurez droit plus probablement à un « Je ne sais pas », suivi d'un haussement d'épaules : on ne va pas en faire un fromage. Le pire sera un « Ce n'est pas grave, je ne suis pas pressé ! » qui vous infligera une leçon de morale d'autant plus cuisante que vous l'aurez provoquée sans certitude de la mériter. À mauvaise foi, mauvaise foi et demie !

J'te joue d'l'harmonica

La chanson s'appelle « Dix-huit ans que je t'ai à l'œil ». Ce n'est pas une des plus connues d'Alain Souchon. Elle parle de la mort de son père. Je t'ai à l'œil. Un subtil double sens. Je t'ai à l'œil, gratuitement, sans compromis, puisque tu n'es plus là, qu'aucune des petites complications de la vraie vie ne peut désormais entraver notre lien. Mais je t'ai à l'œil aussi, fais attention à ce que tu penses, je ne t'oublie pas. La suite évoque un cimetière, dans la tonalité d'un automne mental : « T'es à Bagneux dans les feuilles. » Mais aussitôt : « J'vais jamais t'voir j'aime pas ça, mais j'te joue d'l'harmonica. »

J'te joue d'l'harmonica. C'est vraiment joli. L'harmonica, l'instrument le plus modeste qui soit, qu'on peut glisser dans une poche, sortir n'importe où, plutôt dans un lieu tranquille, de compagnonnage avec l'absent. Une sonorité nostalgique sans flafla, comme dans les westerns ; un lyrisme velouté qui prolonge la note dans l'espace, fait vibrer le désert de la solitude, la poussière, l'effacement des pistes. Et puis une attitude physique : le visage penché, les deux mains rapprochées pour étouffer toute grandiloquence, pour que le souffle aille seulement vers toi.

J'te joue d'l'harmonica, je te recueille au creux de mes deux mains presque fermées, la mélodie ne dérange personne. C'est entre toi et moi, un air qui ne bouscule rien, de la musique lancinante et sans rien de funèbre, un geste de mémoire que nul ne saurait déchiffrer. Oui, entre toi et moi, et seul à seul ; et si ce rendez-vous est un air d'harmonica, la prochaine fois ça sera autre chose. N'importe quoi de la vraie vie qui chantera pour toi. Des mots, une branche de noisetier, une écorce taillée, un silence à la vitre du soir.

En même temps, je peux comprendre

Aïe ! Vous venez d'épingler avec assez de verve une attitude horripilante. Rien de bien personnel, juste un petit agacement récurrent devant un comportement qui vous insupporte – ces gens qui n'attendent pas que tout le monde soit descendu pour monter dans la rame de métro, par exemple. Votre interlocuteur manifeste dans un premier temps une approbation espérée, sourit en tout cas, d'un sourire qui s'adresse peut-être davantage à l'enjouement de votre irritation qu'au tréfonds métaphysique du problème soulevé. Et déjà la traîtrise se fomente au coin de ses lèvres. Déjà vous devinez, déjà vous regrettez, car l'imparable phrase tombe : « En même temps, je peux comprendre. »

Ah ! comme vous la haïssez cette compréhension, et plus encore cette équanimité. Oui, votre compagnon a subi le même préjudice que vous, mais il ne stigmatise pas. Il relativise avec un admirable sang-froid. Sa loyauté mentale lui fait envisager le point de vue de l'adversaire. *En même temps*. En même temps, il y a des gens qui traînent tellement pour s'extirper de leur place, comme si le monde n'était qu'à eux. En même temps, le préjudice n'est pas si grand, on finit toujours par réussir à monter. En même temps surtout, c'est un peu dérisoire de donner prise au stress urbain, la journée sera longue.

Ils sont forts, les chevaliers du « en même temps ». Ils fourbissent leurs armes à propos du métro, mais plus cruellement encore au sujet d'une loi, d'un film, d'un chanteur, d'un roman que vous pensiez pouvoir condamner en toute impunité. Ils sont si patelins, si calmes. Avec vous en apparence, ils sont *en même temps* dans le camp ennemi. Leur supériorité morale vous paraît absurde. Comment peut-on être *en même temps* ? Mais le plus grave, le plus radicalement hostile est dans la fin de leur phrase, qui s'arroge en douceur le pouvoir de vous dominer. Ils ne vont pas s'user les nerfs dans le petit combat qui vous enfièvre. Ils voient tout de plus haut, de plus loin. Ils sont tout à la fois acteurs et spectateurs. Car eux, ils peuvent comprendre.

Ceux qui n'en ont pas en veulent

Ma grand-mère avait six enfants. Trois filles et trois garçons de caractères très variés. Elle avait de la maternité une certaine expérience. Quand quelqu'un rencontrait des problèmes avec sa progéniture, elle disait, jouant de son bel accent méridional, et quelquefois en patois occitan : « Ceux qui n'en ont pas en veulent ! » Cela pourrait traduire un constat cioranesque sur l'implacabilité de la vie, mais je crois que c'était tout le contraire.

D'abord, elle avait raison. Ceux qui n'en ont pas en veulent. Certains ont toujours passionnément rêvé d'avoir un ou des enfants, mais le destin rend cette envie difficile, et donc encore plus désirable. Pour d'autres qui ne semblaient avoir de place dans leur existence pour des enfants, l'idée de mettre au monde devient tout à coup la panacée, efface tous les problèmes dans une cristallisation magique. Après, il y a la réalité, parfois beaucoup plus contraignante qu'on ne l'avait envisagée.

Pour autant, j'aimais, je connaissais assez ma grand-mère pour savoir que sa phrase ne traduisait qu'une ironie légère, et révélait surtout la tendresse et la communion. Oui, on ne peut échapper à ça, tous les ennuis, tous les soucis que donnent les enfants. Mais dans ses yeux clairs passait alors une petite étincelle qui n'était pas de moquerie, sur ses lèvres se dessinait un sourire léger. « Ceux qui n'en ont pas en veulent. » Oui, le sens de la vie est celui-ci. On souhaite ce qui nous inquiète, ce qui restreint notre liberté, ce qui passe trop vite et consume notre énergie. On est sûr malgré tout que c'est le bon parti, le seul chemin qui vaille. Ceux qui en ont ne font que semblant de ne plus en vouloir. Et ceux qui n'en ont pas en veulent.

Il y a cette espèce de chose, comme ça…

À vous de jouer.

Elle parle d'une pièce de théâtre vue la veille. Elle termine sa phrase par ce « comme ça », et vous êtes convié à l'enrichir de points de suspension que la suite du discours ne tentera pas d'expliciter. Ses épaules se soulèvent ; une demi-inspiration accompagnée d'un abaissement prolongé des paupières.

Souvent, il s'agira d'une atmosphère, dont vous ne savez rien. Avec le mystère du « comme ça », vous ne risquez pas de minimiser la subtilité de l'évocation, ni celle de l'évocatrice, ni la vôtre. En se débarrassant de toute pesanteur, de tout risque de cliché, elle s'appuie en même temps sur votre connivence subtilement sollicitée. Nous sommes entre gens qui n'ont pas besoin de détails, nous pressentons, nous devinons, nous communions dans l'indicible. D'ailleurs elle n'a pas dit « cette espèce de climat » mais « cette espèce de chose ». Formule d'autant plus évocatrice, sinon de l'univers évoqué, du moins du plaisir que votre compagne manifeste à écouter sa propre voix, brumeuse juste ce qu'il faut, à la fois confiante et altérée, désireuse d'installer une complicité d'âme.

À vous de jouer. Si vous manifestez un peu ouvertement que vous ne voyez rien du tout, vous passerez pour niais – comment, vous refusez la sensualité de ce scrupule qu'elle a de vous offrir à demi-mot ce qu'elle n'offre pas ? Alors vous hochez la tête en adhésion aussi déterminée que silencieuse. Oui, je vois, je sens, je partage, je m'engage avec vous dans cet ineffable chemin que vous n'empruntez pas. La promenade, c'est de vous entendre, il y a entre nous tant de rien, tant de tout, il y a...

Moi, je vous regarde

C'est le milieu de l'après-midi, une heure sans heure, alentie par la chaleur, supportable sous la terrasse couverte, le ballet, comme on dit ici. Après sa sieste – depuis ses premières crises d'angine de poitrine, elle accepte de s'allonger un peu, le déjeuner fini –, la vieille dame vient s'asseoir dans son fauteuil d'osier, tourné vers le jardin. À quelques mètres de là, sous le noyer, des enfants ont installé sur la table ronde une partie de Cluedo. On entend « dans la véranda, à l'aide de la clé anglaise… ». Plus loin, près du garage aux murs mangés de vigne vierge, deux adolescents jouent au ping-pong. Le rebond à peine cristallin de la balle est comme un métronome de l'été. Près du potager, dans une chaise longue, une jeune femme écrit une lettre. Tout près, un trentenaire pique un peu du nez en lisant *Le Monde*. Le grand-père, lui, ne s'endort pas. Toujours actif en dépit de la canicule, il retire les gourmands de ses tomates.

– Qu'est-ce que tu fais, Grand-mère ?

C'est vrai, les mains croisées sur le ventre, elle est la seule à ne revendiquer aucune activité. Un léger sourire, ses mains s'écartent, et la petite phrase vient, rituelle comme la question.

– Moi, mes enfants, je vous regarde.

Pour midi, elle avait préparé une de ses spécialités incontestées, des œufs frits sur une ratatouille d'aubergines et de tomates avec des aillets, des pousses d'ail jeune d'une fraîcheur acidulée. Maintenant, elle a le temps, avant d'éplucher les légumes pour la soupe du soir.

Moi, mes enfants je vous regarde. Oui, ils sont son spectacle, dans l'ombre et la lumière étales de l'été. Ils font semblant de s'occuper de son inoccupation, mais ils savent bien. Son bonheur est cette pause. Elle prend avec le temps cette distance infime qui donne ensuite envie d'y revenir. Elle aime qu'ils soient rassemblés, dans l'heure la plus chaude. Puis certains iront à la pêche, d'autres à la piscine. Juste un peu en retrait, elle voit toute sa vie. Il y a des rires et des silences.

– Moi, je vous regarde.

Vous êtes un type dans mon genre

Quai des Orfèvres. Un film incroyablement maîtrisé par Henri-Georges Clouzot, avec Suzy Delair dans le rôle de la chanteuse irrésistible et capricieuse, Bernard Blier dans celui du mari jaloux et velléitaire, et au-dessus Louis Jouvet, commissaire aux avis lapidaires et décisifs, sans illusion sur la comédie humaine, et plein de délicatesse pour un petit garçon noir qu'il élève en solitaire. Un second rôle important : celui de la photographe amoureuse en demi-secret de la chanteuse. À l'époque, l'homosexualité ne peut être qu'allusive ou suggérée. D'ailleurs, la reine du music-hall ne répond pas aux sentiments de la photographe.

Vers la fin du film, après l'efficacité du drame, l'implacabilité de l'enquête, il y a place pour l'affect, quelques révélations et quelques abandons. Jouvet mène le jeu, encore plus froid quand il commence à s'épancher. On est loin du mièvre. Mais quand même, le commissaire n'hésite pas à livrer le fond de sa pensée lorsqu'il dit à la photographe qu'il l'aime bien, et ajoute, d'un ton précipité qui ne souffre pas la réplique :

– Et puis je vais vous dire. Vous êtes un type dans mon genre. Avec les femmes, vous n'aurez jamais de chance !

Vous êtes un type dans mon genre. On peut difficilement s'offrir en restant à ce point à distance, se montrer aussi doux en jouant le dur, et compatir autant sans plaindre tout à fait. Chacun droit dans ses bottes et le cœur bat pourtant, on le sait bien.

J'ai raison

C'est une phrase étonnante, car elle n'est jamais prononcée. Elle se lit cependant avec évidence sur le visage des cyclistes urbains. À juste titre, le plus souvent. Oui, ils ont raison de ne pas encombrer le trafic, de ne pas polluer, de faire de l'exercice physique en se rendant à leur travail…

Pourtant, la prolifération des vélos s'accompagne d'un éloignement du profil écolo de base, et la sagesse zen n'est plus leur apanage. Monte aussi une violence cycliste, vitesse excessive, feux rouges brûlés au ras des moustaches des passants, rues prises à contresens sans une once de réticence. On le sent bien, dans ces cas-là : l'insolence à deux roues est une ivresse, une sorte de défi triomphant lancé aux transis, aux rassis, aux vieillards, aux enfants, à tous les bourgeois lents.

Ce n'est pas très poli. Mais ce qui rend la chose insupportable, c'est cette phrase informulée qui persiste à flotter sur le visage des plus crapuleux parmi les audacieux : « J'ai raison. » Sur leurs traits se dessine un sourire frondeur. Mais ces mauvais élèves ne prennent aucun risque moral. Ils ont raison. On le voit bien, quand un conflit les heurte à la vindicte des taxis, aux horions des marcheurs : derrière leur allégresse provocante monte aussitôt une susceptibilité de faux gentil, vite touché au plus vif de son absence de cuirasse. En toute mauvaise foi, ils ont raison, puisqu'ils sont à bicyclette.

C'est grâce au collectif

Quel ennui ! Dès qu'on donne la parole à un footballeur, à l'issue d'un match réussi, on a droit à cette purge d'altruisme revendiqué :

– C'est vrai que l'on me voit, parce que je marque, mais c'est grâce au collectif !

Le stéréotype a tellement été reproduit qu'on ne croit pas une seconde à la modestie du joueur concerné. On lui demande de la joie, et il prend une petite mine tristounette pour débiter sa pesante leçon politiquement correcte. Quand le même joueur est sorti à la cinquantième minute d'un autre match parce qu'il est manifestement hors de forme, il devrait remercier l'entraîneur pour cette initiative profitable à tous. Mais son sens profond du *collectif* se manifeste alors par un coup de pied adressé à une bouteille d'eau qui traînait par là, et par une théâtrale et précipitée rentrée au vestiaire, le visage fermé, tout dans son attitude manifestant peu d'intérêt pour le sort de la partie qui continue à se jouer sans lui.

Viendra-t-il un jour s'exprimer au micro, le joueur exalté qui nous dirait : « Oui, le football, c'est marquer des buts, c'est mon rêve depuis l'enfance, je suis tellement heureux ce soir ! » ? Réaliser un rêve d'enfant en gagnant quatre cent mille euros par mois pourrait après tout provoquer une petite euphorie plutôt galvanisante pour les supporters.

Mais non. Le buteur choyé par l'existence se doit de débiter son petit compliment morose. Sa volonté d'égalitarisme pourrait être le fait d'un esprit pudique et généreux, résolument partageur. Mais on le sait bien. À peine la saison terminée, des pages entières de journaux spécialisés sont consacrées aux transferts. L'attachement du joueur à son *maillot* prend alors une forme complexe. Son éventuelle fidélité à ses couleurs ne surviendra qu'accompagnée d'une spectaculaire augmentation de salaire. Si un pactole est proposé ailleurs, notre vedette abandonnera sans regret ses anciens équipiers dont le talent ne sera plus nécessaire. Dans son nouveau club, il trouvera bientôt sa place grâce au *collectif*, et ce ne sera pas tout à fait faux : on ne joue pas au foot tout seul.

Passez un texto en arrivant

« On va vous laisser vous reposer un petit peu. Je crois que vous en avez besoin. » Il y a des phrases comme ça chez ceux qui s'en vont, chez ceux qui quittent. Les invités ont accepté le principe d'un goûter dînatoire en fin d'après-midi, histoire de prolonger la journée, de rester encore ensemble – « Et puis comme ça, dit la mère, vous n'aurez qu'à vous coucher en rentrant. Vous avez du trajet, et ça a été un beau week-end, il risque d'y avoir du monde sur la route. »

Oui, ils n'arriveront sûrement pas tôt. La radio vient de dire que ça roulait mal au tunnel de Saint-Cloud. Ils ne seront pas à Paris avant onze heures trente, minuit. Les invités sont prévenants.

– Couchez-vous, je vous appellerai demain.

– Non, non. Passez un petit texto en arrivant.

Ah oui, c'est ça qui fait la différence ! Il y a ceux qu'on appelle le lendemain, ou à qui on envoie un message, on a eu une journée formidable, merci pour tout. Et puis il y a ceux à qui on dit passez un texto en rentrant. Les proches. Les tellement proches qu'on ne les quitte pas par la pensée. Ils ne mettent pas en avant leur inquiétude – de toute façon, avec la vie d'aujourd'hui, les vols pour Montréal ou Singapour, ils ont dû apprendre à diluer leur vigilance. Mais la petite flamme ne s'éteint pas comme ça. Un dimanche suffit à réveiller les ondes continues, cette tension trop tutélaire qu'aucun raisonnement ne saura justifier, ils le savent bien. Ça serait pesant de demander : « Je ne pourrai pas m'endormir avant de vous savoir au chaud, même si je regarde un film à la télé je ne penserai qu'à votre trajet. » Ils savent bien ce qu'il ne faut pas dire. Mais il y a tout cela quand même, dans leurs mots furtifs, juste au moment où claquent les portières. Passez un petit texto en arrivant.

Abruti, va !

L'épithète peut varier, mais c'est le verbe qui compte, ce « va » que la conjugaison répertorie dans le mode impératif – mais vraiment rien d'impérieux ici. L'autre s'est comporté avec familiarité, ou une agressivité manifeste. Il s'agit de quelqu'un qui vous connaît intimement, qui a partagé avec vous assez de moments pour vous pousser loin dans vos retranchements, peut-être vous percer à jour dans vos contradictions les moins apparentes.

Son attaque était une marque d'affection – je t'aime quand même, et tes idées sur certains sujets, ce n'est pas ce qui compte le plus à mes yeux ; après tout, je suis d'accord avec beaucoup de gens, et je ne les aime pas pour autant.

La réponse est à la hauteur de l'offensive, avec une insulte outrancière et sommaire. Mais il y a ce « va » qui dit beaucoup en deux lettres. Va, continue ton chemin, je ne suis pas étonné par le fond de ton incongruité, mais plutôt admiratif devant la forme, tu es en verve. Ce n'est pas tout à fait « Qui aime bien châtie bien », c'est plus viscéral et loufoque. Provoque-moi souvent, j'adore ça. Entre nous il y a quelque chose de beaucoup plus chaud et vital que l'absolu de l'accord intellectuel. Allez va, cornichon, demeuré, abruti ! Nous n'empruntons pas une autoroute, mais un tout petit chemin buissonnier où je compte bien échanger avec toi toute la vie des insultes presque obscènes, une amitié rabelaisienne !

C'est y vot'temps ?

Dès que l'on grimpe un peu dans l'échelle sociale, un mépris agacé s'exerce à l'égard des considérations climatiques : « Les gens ne savent pas s'aborder autrement qu'en parlant de ça ! » C'est vrai. Il y a aussi beaucoup de gens qui ne savent pas s'aborder du tout, mais c'est une autre histoire.

On l'aura deviné, je n'ai rien contre les propos de pluie et de beau temps, qui débouchent souvent sur autre chose, et ont au moins le mérite de saupoudrer d'un peu d'aménité l'ordinaire des jours. Mais il est une phrase spécifiquement normande que je trouve d'une essence supérieure : « C'est y vot'temps ? »

C'est y vot'temps ? Il y faut cette élision qui contracte les mots, réduit l'opulence d'un Bourgtheroulde à un étique Bout'roud', comme s'il fallait s'abriter de la pluie quand on parle. Par ce « C'est y vot'temps ? » la question est soulevée avec délicatesse. Bien sûr, cela peut dissimuler un fond madré, qui attend de voir venir avant de s'avancer, mais il n'empêche : on s'intéresse à l'avis de l'autre avant de proférer. Il y a même une espèce de préciosité dans la question. Le temps vous convient-il, est-il en harmonie avec votre humeur, ou contribue-t-il à la nuancer ?

Subtilité, aussi. « C'est y vot'temps ? » est une amorce. Elle dissipe à l'avance les clichés : on ne suppose pas a priori que l'autre sera systématiquement ravi par un temps ensoleillé, ronchonnant parce qu'il tombe des cordes. Certes, on vous prête là une sagesse raisonnable en Normandie, mais c'est peut-être aussi ce que vous appréciez dans ce pays : on n'y brandit pas de drapeau, on n'y proclame pas un art de vivre obligatoire. Chaque homme est une presqu'île. On peut l'approcher sans effort, mais sans victoire anticipée. On interroge. « C'est y vot'temps ? »

Chez nous, c'est trois

Entendre « Chez nous, c'est trois », c'est être soumis au rite de la bise incertaine, un des protocoles les plus incongrus de nos échanges de civilités. Si l'on ne sait pas combien de fois on doit s'embrasser, c'est qu'on le fait pour la première fois. En dépit de son caractère tactile, cette irruption de l'effusion n'a rien de naturel. On y procède souvent parce que les autres à côté se connaissent davantage, et s'enlacent avec une exagération de familiarité qui nous met mal à l'aise.

Alors on sent que rien, ça serait peu, que la poignée de main paraîtrait bien distante. On s'embrasse donc, plutôt au départ qu'à l'arrivée – s'il y a gêne, elle ne durera pas, puisque l'on va se séparer. Il y a d'abord un léger retrait du corps, et puis on se lance à l'aveuglette, et il vaut mieux enlever ses lunettes. La sensualité ne participe pas vraiment à cet échange, plutôt furtif et raide. Ce rapprochement abusif a tout de l'esquive. On embrasse le vent ; ce joue contre joue sollicite très peu les lèvres. Le premier aller-retour effectué, on s'en tiendrait bien là. Mais votre interlocuteur risque le déséquilibre en affirmant :

– Chez nous, c'est trois !

Comme il est bizarre, ce *chez nous*. Sa récurrence ne permet guère de le rattacher à une coutume géographiquement répertoriée. Il signifie avant tout : « Chez nous, on n'a pas peur de se faire trop de bises, on pratique d'emblée la générosité conviviale ; j'ai bien senti en vous une légère réticence, alors je prends les rênes, laissez-vous faire, vous êtes un tantinet constipé en humanité. »

Chez nous. Dans sa famille, peut-être, dans son milieu professionnel, qui sait ? En tout cas l'initiative n'est pas personnelle, elle s'appuie sur un vieux fonds de sagesse partagée. Nous nous connaissons à peine, mais bisons-nous à l'envi. C'est très moralisant, « Chez nous, c'est trois ». Sous la désinvolture simulée se cache coquettement le talent de rapprocher les chairs sans la moindre équivoque. Mine de rien, ça vous réduit au rôle peu flatteur du pisse-froid.

Brassens n'appréciait guère les imbéciles heureux qui sont nés quelque part. On ose parier qu'il ne goûtait pas davantage les biseurs de *chez nous*.

Ça n'ira pas plus bas

La pelote de laine a glissé de ses genoux, est tombée à terre. Vous alliez vous extraire de votre fauteuil pour la ramasser, mais la vieille dame a devancé votre aide :

– Oh ! ça n'ira pas plus bas !

On discute avec elle. On est bien, là, engoncés confortablement dans cette soirée douce. Certes, elle ne vous intime pas l'ordre de laisser la pelote à terre. Mais on le sent bien, elle préfère. Le minime incident ne l'empêche pas de continuer à tricoter. Et puis il vaut mieux ne pas troubler ce bien-être nonchalant qui s'est installé. Une précipitation servile de votre part ne ferait que souligner l'emprise du matériel. Après tout, la tisane est finie depuis longtemps et personne ne s'est levé pour débarrasser les tasses.

Ça n'ira pas plus bas ! Toute une petite philosophie dans ce fatalisme débonnaire. Rien dans la vie de la vieille dame n'indique le laisser-aller. Mais c'est un luxe d'accueillir un peu de laisser-faire. Il y a tant de choses qu'on ne peut empêcher de rouler, de se dévider, de finir. Tant de choses lourdes que l'on porte au fond de soi. Alors, quand une pelote de laine a pris un peu de liberté… Ça n'ira pas plus bas, cela veut dire je tiens à toi, à nous, à cette pause longue dans le soir d'hiver, ne joue pas le rôle convenu de la courtoisie, c'est cela qui mettrait tout par terre. J'ai fait dans ma vie tant de cuisine, de ménage, de courses, de vaisselle. Je me suis tant inquiétée pour ceux que j'ai aimés, pour ceux que j'aime. Je me sens lasse et bien, et j'aime cet instant. Ça n'ira pas plus bas. Laisse tomber le temps, laisse tomber la laine.

Là, il sait qu'on parle de lui

Chaque homme est une île. C'est le code dans les villes. Il peut y avoir de l'agressivité, ou une courtoisie minimale. Mais celui qui lance une phrase gratuite est bientôt suspecté – il veut me prendre quelque chose. L'été, sur les sentiers côtiers où l'on se croise à se toucher, le vrai urbain, le vrai civilisé est celui qui ne salue pas – pourquoi dire bonjour à quelqu'un qu'on ne connaît pas ?

Une exception majeure à cette règle de l'évitement : le chien. Promenez votre labrador, et tout à coup l'humanité déferle. Admiration ou compassion, c'est à lui que l'on parle :

– Tu as l'air bien gentil, bien doux. Tu as du mal à marcher. Tu ne dois plus être tout jeune ?

Autant de phrases qui seraient un pur viol si elles s'adressaient au propriétaire, mais semblent aller de soi quand elles sont destinées à la gent canine.

La dernière est une question. Le visage du propriétaire se relève. Ne pas répondre serait de pure inconvenance. On peut juste sentir une certaine neutralité dans les premiers mots concédés par le maître – il vient de subir cinq fois de suite le même discours. Mais si le premier causeur se montre volubile, s'engage aussitôt dans sa propre expérience d'une vie partagée avec un animal de même race, le dialogue s'instaure. Sous l'apparence de l'assentiment, de la complicité entre gens sensibles qui comprennent les bêtes, c'est alors une furieuse compétition de compétences et d'anecdotes. Aucune gêne, la bouche va son train, mais les regards s'évitent, restent rivés sur le labrador chenu.

Bientôt, de part et d'autre, on manque de cartouches, et puis d'envie. Un petit silence. L'amical assaillant ira jusqu'aux lisières de l'émotion avec un « Comme tu es beau ! » confit en adoration. Le maître toutefois reste le maître, et clôt l'échange en subtilité dominante :

– Vous voyez, quand il met la tête comme ça ? Là, il sait qu'on parle de lui !

Tiens, rends-toi utile

On était arrivé un peu en avance pour cette soirée entre amis. La maîtresse de maison était en retard, et surjouait l'affolement, passant rapidement de la cuisine à la salle à manger, au salon. On la suivait tant bien que mal, alimentant pour l'essentiel une conversation qu'elle relançait plutôt par monosyllabes, ou questions rapides. Dans ces cas-là, il ne faut pas demander : « Je peux aider à quelque chose ? », car la réponse est toujours négative. En fait, on voudrait bien participer, et le mieux, c'est d'attendre. Là, on a une chance d'entendre peu après :

– Tiens, rends-toi utile !

C'est très bien, d'entendre ça. Il y a un petit côté bourru dans l'injonction. Plutôt que de rester dans mes pattes et de me retarder, tu vas te mettre dans un petit coin tranquille, tu vas changer de statut : tu seras aussi organisateur. Parfois, c'est un peu décevant : « Tiens, débouche ces deux bouteilles, déballe les morceaux de fromage et dispose-les sur une assiette ! » Une chose qu'on fait en deux minutes, et qu'on vous propose seulement par politesse... Mais ça peut être aussi plus gratifiant : « Prends l'houmous et les rillettes de poisson dans le frigo, et tartine-les sur le pain bis ! »

Investi d'une mission au long cours, il faut l'accomplir sans questions. Surtout ne pas demander je prends quel couteau, je les mets dans quel plat, je coupe les morceaux en combien ? Non, il faut saisir cette aubaine de pénétrer avec son libre arbitre dans l'effervescence, dans la chair de la soirée. Alors, c'est bien d'être inviteur et invité.

Ça r'pousse pas !

À la seconde où on laisse s'échapper la pièce et où elle se met à rouler sur le sol de la boulangerie, on se précipite, mais on sait qu'il est déjà trop tard. Les mises en scène prévisibles sont toujours horripilantes. Ça ne manque pas. Une voix s'élève : « Ça r'pousse pas ! » Dès lors, l'hypocrisie sera de mise. Un peu vexé, on serait bien tenté de rétorquer : « Elle est nouvelle, celle-là ! » Mais on n'en fera rien, tant s'en faut. On va se contenter d'afficher un sourire benêt, du type approbateur-conciliant. Il faut en faire assez pour convaincre l'amuseur public qu'il a fait preuve d'humour, et même de finesse.

Derrière l'automatisme de sa facétie, il y a toute une idéologie de la finance. Ah oui, l'argent, ça ne se trouve pas comme ça, ça ne vient pas par miracle. Mine de rien, le plaisantin est aussi un moraliste de la difficulté existentielle, bien que ça ne l'empêche pas de gratter des Banco pour espérer des gains faciles. Même la boulangère se sent obligée de délivrer un demi-rictus – elle l'entend seulement deux cents fois par jour.

Il faudrait avoir le réflexe de répondre : « Je sais bien, mais je tentais ma chance ! » Au lieu de quoi on se tient gourd, gêné par la pauvreté de la trouvaille. Il arbore un sourire si satisfait qu'on ne saurait bouder trop ostensiblement sa saillie drolatique. Mais on se méprise un peu soi-même de l'accueillir avec une bonhomie surjouée, qui ne peut grimper jusqu'à l'enthousiasme. C'est fatigant, les débonnaires programmés.

On ne peut plus pisser tout seul ?

Le frère aîné a une vingtaine d'années. Il est étudiant à Paris, où il loge dans une chambre chez une vieille dame. Mais chaque fin de semaine, il revient à la maison. Son petit frère de huit ans l'attend avec impatience. Prestige de ce héros parisien qui, à peine revenu au bercail, s'installe au piano. Il joue quelques morceaux classiques, puis les jazzifie, passe à des ragtimes. Le petit reste debout contre le Gaveau droit, voué à des approximations laborieuses le reste de la semaine – le benjamin ne pratique l'instrument que par devoir, sans plaisir ni talent.

Il n'y a pas beaucoup de paroles entre eux ; plutôt quelques exploits. Une fois, le grand a emmené le petit jusqu'à la *terre bleue*, près de l'Oise. La terre bleue : une montagne de déchets de gaz interdite au public, un ailleurs étrange, comme une autre planète. Une autre fois, l'aîné avait repéré dans un bois un coin où les violettes poussaient à profusion. Ils en avaient empli toutes les pièces de la maison, dans des pots de Danone en verre.

Mais les samedis ordinaires, le petit suit le grand partout, au hasard des pièces. Il sait qu'il doit être un peu envahissant, mais que sa dévotion muette est aussi flatteuse. C'est comme un code tacite entre eux. Bien sûr, cela ne peut durer des heures sans toucher au ridicule ou à l'insoutenable – comment accaparer ainsi physiquement un garçon de vingt ans qui a ses secrets, un coup de téléphone à donner, des copains à retrouver ? Mais cette déambulation, c'est aussi tout ce qu'ils ne sauraient dire autrement. Pour l'un, l'attachement à une vie que l'on est en train de quitter, pour l'autre, la vénération fraternelle. L'aîné sent le petit sur ses talons dans le couloir, pousse la porte des toilettes et se retourne avec un sourire gentil qui dément le ton trop brusque :

– On ne peut plus pisser tout seul ?

Nous allons vous laisser

Un long silence. On est surpris soi-même à la fois de l'assurance et de la douceur cauteleuse avec laquelle on dit : « Nous allons vous laisser. » C'est une personne âgée que l'on est venu visiter au cœur de l'après-midi, chez elle, ou bien à l'hôpital. Pas une très proche. Quelqu'un que l'ordinaire de la vie vous faisait rencontrer souvent, et qu'on ne voit plus depuis qu'elle a été chassée du jeu. On sait que ses journées sont tellement vides, désormais. Ce n'est pas tant la longueur de la visite qui compte. Plutôt l'idée qu'on est passé, instaurant dans son jour gris un amont et un aval.

Quand même, au moment où on le dit, on se sent hypocrite. « Nous allons vous laisser ! », avec une douceur appuyée, comme si c'était : « Nous allons vous lasser ! » Oui, c'est là que la dramaturgie est un peu lourde. *Vous devez être fatiguée* serait un prétexte bien sournois. Mais, pire encore, sous-entendre *nous devons vous fatiguer, notre visite vous fatigue* est de parfaite mauvaise foi. C'est pourtant ce qu'on va finir par avancer, si la vieille dame lance un *déjà ?* de déception presque enfantine. Mais elle se reprend :

– Oh, vous ne me fatiguez pas ! Mais vous avez sûrement cent mille choses à faire.

En quelques secondes, la duplicité de la scène est mise au jour de part et d'autre. Vous êtes venus me faire une visite, c'est très gentil de votre part. Mais je ne vais pas jusqu'à penser que vous éprouvez un réel plaisir à être là, qui prendrait du plaisir à être là ?

Du coup, votre beau geste reprend de justes proportions. C'est une de ces choses que l'on fait pour la satisfaction, l'apaisement de les avoir faites. Mais en dépit de ce jeu social, il y a entre vous un élan, une vraie gentillesse, des souvenirs, surtout. Au moment où vous vous levez, si elle veut vous soulager de cette once de remords qui vous traverse, la dame vous lancera :

– Avant de partir, est-ce que je peux vous demander de me passer mon cardigan ?

Alors on se sent bien de s'ébrouer, de rendre service, et de partir en liberté. Plus tard, dans l'ascenseur, dans l'escalier, il y aura des « Je l'ai trouvée très amaigrie ! », et cette sensation délicieusement perverse, contre laquelle on ne peut rien : comme la vie est neuve !

Il va partir en Australie

La dame vous a fait dédicacer un livre pour son fils. Elle est plutôt timide, mais au moment de vous quitter, avec une nuance de fierté, elle lance en tapotant la couverture : « Il va partir en Australie ! » À coup sûr, elle pense que ça vous flatte, cette idée que vos livres voyagent sur la planète, que votre univers va prendre un grand coup de dépaysement chez les kangourous. Plus subtilement, elle suggère que l'envoyer en Australie, c'est adresser un message choisi – ce n'est pas n'importe quelle bulle de France, c'est votre livre, une façon de voir la vie, enfin vous savez bien.

Les choses ne seraient pas égales si vous ne répondiez pas : « Ah, il travaille là-bas ? » Alors l'équilibre change, et bientôt vous percevez chez elle une fêlure, dissimulée par un mélange habituel d'aisance sociale et de pudeur. Elle va vanter la réussite de son fils, brillant, bien sûr. C'est toujours un peu dur, un peu aigu, cet adjectif *brillant* à propos des êtres. Est-ce que les mères attendent de la vie d'avoir un fils brillant ?

Brillant en Australie. Il y est pour quelques années sans doute, après on ne sait pas, dans ce genre de sociétés, il faut être mobile et réactif. C'est loin, on ne peut pas dire le contraire, mais il y a Skype, il revient à Noël, et puis cette année son père s'est décidé, on ira là-bas au printemps.

Elle doit songer à son fils enfant. Il faisait du piano, à Sydney il n'a plus le temps. C'est la vie d'aujourd'hui, on ne peut s'accomplir dans son village. Au moment de glisser le livre dans sa main, on hoche la tête, on sourit doucement. Ce bouquin partagé, c'est une histoire où l'on entre par effraction. Il y a tant de rires évanouis, de rites oubliés, tant de douceur et de non-dits qui vont partir aux antipodes.

On l'a vu dans quoi, déjà ?

Évidemment, il s'agit d'un second rôle, mais un de ces seconds rôles qui font la chair des films, avec cette sensation de familiarité lointaine, qui prend davantage de relief en préservant une part de mystère. Car dès la question posée, on est sur la piste, un peu comme le narrateur de *La Recherche* enquêtant sur l'origine du bonheur éprouvé en retrouvant la texture des miettes détrempées de sa madeleine. C'est bien, quand la quête est difficile. Quel rapport entre le premier long métrage confidentiel d'un jeune réalisateur italien et un téléfilm policier acheté par toutes les chaînes européennes ? Rien qu'une envie de faire de sa mémoire un territoire surprenant, où les images seraient gardées mais égarées, comme les photos de vacances qu'on ne prend jamais le temps de classer.

On va chercher dans le programme, mais ils n'auront mis que les acteurs principaux, et après tout c'est mieux comme ça. On n'a pas tellement envie de mettre un nom sur ces deux prestations opposées. Le décryptage peut s'arrêter là. Du coup, on reste dans l'équivoque. On l'a trouvé bien cet acteur, dans le film d'art et d'essai. Il a sans doute besoin de rôles alimentaires, et sa carrière en demi-teinte prolonge en nous l'impression d'une fragilité nourricière. Le film, c'est davantage la vraie vie, quand la fiction est traversée par des visages insaisissables et reconnus. Et puis on ne peut dire ça qu'à une compagne, des parents, des amis très proches. Tous ceux avec qui on partage en filigrane le même film, comme un reflet en creux de la réalité. Oui oui, ça me dit quelque chose. Dans quoi, déjà ?

Bonjour le chien

Bonjour le chien ! Il faut entendre ces mots dans le velouté contrebasse de la voix de Philippe Noiret. Le film, *Le Vieux Fusil*, atteindra bientôt les limites d'une violence de guerre insoutenable. Mais précisément, cela se passe juste avant : la sérénité amoureuse et familiale est d'autant plus parfaite qu'on la sent menacée. Il y a un tour à bicyclette, un art de vivre chaud dans la maison bourgeoise, confortable, un peu bohème. Et puis Noiret qui dit : « Bonjour le chien ! »

Ah oui, il n'a pas d'autre nom, ou plutôt si. Le chien, c'est son nom. Un statut incontournable, comme dans ces images des écoles autrefois, où le jardinier, le paysan, le forgeron étaient à la fois un être et une fonction. Cela pourrait paraître réducteur et désinvolte, mais c'est tout le contraire. Quel mieux cela lui ferait-il de s'appeler Vadrouilleur ou Pepito ? Il y perdrait de son pouvoir, de son domaine. Non, c'est bien d'être le chien, de se voir assigner un rôle aux mesures précises de son ambition. Le chien cela veut dire aussi que la vie ne serait pas possible s'il n'y en avait pas un, qu'il fait partie des gens, des murs et du jardin, de toutes les balades dont il peut être le complice ou le prétexte. Avec le chien on se baguenaude, on caracole, on a l'impression de courir même quand on marche, tout est plus gai et plus léger. Avec le chien, il y a aussi des silences partagés, des tristesses à peine amenuisées d'un petit coup de langue ou d'un frôlement pudique, avant cette posture couchée, digne, aux pieds de celui qui commande et que l'on accompagne pour toujours. C'est fort d'être le chien, c'est fort d'appartenir et c'est fort d'exister. Quand on entend « le chien », on sait bien qu'on vous aime.

Où sont les enfants ?

Il n'y a pas de tendresse sans inquiétude. Aimer, c'est avoir quelqu'un à perdre, et c'est donc avoir peur. Souvent les enfants souffrent parce que leurs parents les couvent, les protègent à l'infini. D'autres pâtissent tout autant d'une excessive liberté. Et puis il y a *Où sont les enfants ?*, ce texte étonnant de Colette où elle dessine le portrait de la mère idéale. « J'aimais tant l'aube déjà que ma mère me l'offrait en récompense. » Bien sûr, c'était une autre époque, mais voilà : Sido laissait sa fille de dix ans errer solitaire aux marges des étangs, à cinq heures du matin. De même, elle savait bien que ses garçons faisaient les quatre cents coups, dénichaient des oiseaux très haut dans les arbres, et grimpaient sur les toits.

D'une mère aussi permissive, on imaginerait bien qu'elle souhaitait mener en toute indépendance une vie sociale, une vie professionnelle, une vie amoureuse. Mais non. Sido passait ses journées à s'inquiéter, à courir aux quatre vents de son jardin avec cette question lancinante au bout des lèvres : « Où sont les enfants ? » Les permissions étaient données, elle offrait le bonheur. Et pour elle, sans rémission, l'angoisse tout le jour, en espérant la paix du soir et le cercle des lampes, quelques heures à l'abri, une caresse sur sa tempe.

C'est plus fort que l'ascèse des moniales et des moines, cet héroïsme quotidien : garder pour soi l'anxiété, donner la liberté à ceux qu'on aime. Et comme les choses entre les humains ne sont jamais simples, il y a la narratrice, cette petite fille qui sait bien tout cela, emporte au bord de ses étangs, comme un supplément de joie perverse et délicieuse, la certitude qu'en son absence sa maman se meurt d'inquiétude. Pour elle la tendresse viendra plus tard, dans ce toujours un peu trop tard qu'on appelle l'écriture. L'écriture si belle, si cruelle, qui veut que le passé soit un remords.

C'est juste insupportable

Juste : un mot trois étoiles. Trois identités plus que flatteuses. Le substantif ne s'applique que dans des cas d'éthique exceptionnels. L'adjectif n'est pas mal non plus, impeccable et suffisant dans sa brièveté sans restriction. Et puis il y a l'adverbe, qui hésite entre *seulement*, *à peine*, et *très précisément*. C'est vers cette dernière acception que tend son emploi de plus en plus récurrent, depuis quelques années. Il y a un petit effet mode à le décliner sous une forme laudative : c'est juste trop bon ; c'est juste excellent ; c'est juste un triomphe. Mais la nuance est plus subtile dans la négation : c'est juste insupportable.

C'est juste insupportable.

Après l'accentuation marquée du *su*, la bouche reste ouverte, le visage oscille de gauche à droite, les yeux levés au ciel n'atteindront jamais l'exaspération souhaitée. Nous n'avons pas affaire à une personne impatiente ou sanguine. Elle est capable d'accepter les coups du sort et les comportements iniques avec un détachement consommé. Mais trop, c'est trop.

L'adhésion immédiate à ce jugement va de soi. On ne saurait être en terrain dialectique. On ne vous annonce rien. La phrase sert de conclusion à un long moratoire, qui a suscité votre compassion, au moins votre assentiment. Vous êtes d'accord, et vous avez souffert à votre tour, ou reconnu tacitement que vous aviez déjà souffert de votre côté. Bien sûr, ce *juste* là ne fait que compléter, insiste sur la saturation d'un esprit d'ordinaire bienveillant. Mais flotte néanmoins une notion de justice, et l'idée que cet abattement, au bout de l'abomination subie, ne peut se dissiper que dans une communion déjà conquise, une condamnation partagée. Alors, ça sera juste supportable.

Il aimait ça, le Monopoly

C'est une belle façon de redonner vie à quelqu'un. Sans pathos, sans la voix qui s'étrangle. Simplement en faisant quelque chose qu'on faisait avec lui, assez souvent mais pas trop – sinon, l'effet ne se produit plus. On a déjà commencé le jeu, avec des enfants, deux adultes, on s'est déjà précipité pour acheter la rue Lecourbe, regretté d'avoir manqué l'avenue Mozart.

« Il aimait ça, le Monopoly ! »

Il aimait ça. C'est étonnant, ce pouvoir de l'imparfait. On revit les choses, comme quand on commente une photo : « Là, on était au bord du lac d'Annecy… » La langue est souple, imprégnée de toutes les connotations que l'usage lui a données. On dit de quelqu'un : « Il habita Lyon », et le passé simple découpe au scalpel une période précise, détachée de tout affect. On dit : « Il habitait Lyon », et l'imaginaire suscite aussitôt la substance d'une vie, une atmosphère dans les rues, des rites dans une existence, un écoulement du temps presque palpable.

Il aimait ça, le Monopoly. Ça lui rappelait des souvenirs d'enfance, des parties interminables avec des cousins, quand il pleuvait, l'été, la banque n'en finissait pas de faire crédit. Adulte, il adorait retrouver l'arbitraire des couleurs, cette symbolique délicieuse et discutable que le jeu imposait : violet les rues populaires, orange, jaune, rouge, on glisse vers le cossu, on atteint l'opulent ; vert, les ombres versaillaises, les fortunes étouffantes ; bleu, Champs-Élysées, rue de la Paix, l'éclat du luxe. On n'a aucune envie d'être milliardaire, mais pour gagner il faut le devenir. Il ne méprisait pas les gares, ni la Compagnie des eaux, plus rentables qu'il ne semble. En cartes chance, ça le faisait rire de remporter le deuxième prix de beauté. Il se prenait au jeu, la meilleure façon de déguster l'ambiance, le cercle de la lampe basse, la tendresse pour les concurrents. Quand il savourait quelque chose, il savait le montrer. Ce qu'il donnait au monde, le monde l'a gardé. Il aimait ça, le Monopoly. Il aimait la vie.

Tu es content ?

On ne sait pas trop si c'est une question. En fait, plutôt une affirmation légèrement interrogative. Tu es content ? Tu as vraiment de quoi être satisfait, tu as reçu de la société une approbation gratifiante pour ce projet qui te tenait à cœur. Mais cela signifie également : tu t'es mis dans la position dangereuse d'une satiété différée ; à présent, il serait raisonnable de ne pas en attendre davantage. Tu es content, cela veut dire aussi : je sais que tu as besoin de cet écho du dehors, ta vie est faite ainsi. Pour moi c'est un peu différent, mais je respecte ton choix. Je te mets juste en garde : prolonger indéfiniment l'attente, c'est se condamner à ne plus vivre que d'espérance, à l'infini.

Tu es content. Moi je vis avec toi, nous sommes heureux ensemble, c'est ça l'essentiel. Le temps perdu ne se rattrape pas. Cette arrière-saison est belle. Ça serait un peu dommage de la passer dans les trains et les rendez-vous professionnels. Il ne nous reste peut-être pas tant d'arrière-saisons si belles à partager ?

Mais je ne te demande pas de sacrifice. Simplement, je te donne un petit signal. Maintenant cela suffit je crois, c'est sans doute le bon moment pour revenir à toi, à nous, à la vraie vie. Cela veut dire je t'aime.

Donne-moi ça !

Les racines des platanes plongent loin dans l'eau vert pois cassé du canal. La ligne de l'enfant s'est accrochée. En donnant des coups de poignet frénétiques pour la décrocher, il a tout emmêlé. Il se retrouve avec un paquet de fil inextricable dans les mains, se pique à l'hameçon. À quelques mètres de là, son père a installé deux lignes de fond qui pêchent toutes seules, et gardé à la main une canne au lancer. En quelques coups d'œil de côté il a jaugé la scène. C'est un père ombrageux, dont les colères sont fréquentes. Peu désireux de déclencher un orage, le petit garçon n'a rien dit, mais son impuissance est manifeste.

Le père pose sa canne sur la berge, s'approche.

– Donne-moi ça !

C'est drôle, il dit ça plutôt doucement, d'un ton autoritaire, mais avec un calme inattendu.

Depuis une heure, ça mordait très régulièrement, une dizaine de gardons, une superbe carpe. Sur le chemin de halage, juste en face du lavoir, ils étaient venus à tour de rôle appâter depuis une semaine. Et voilà que toute cette belle ordonnance est rompue. Le père s'assied sur la rive, en tailleur, chausse ses lunettes.

– Surveille quand même la ligne de fond !

D'ordinaire, ils ne se parlent pas beaucoup. Des questions sur l'école, tu as fait tes devoirs, et ce contrôle de maths, tu as le résultat ? Un baiser plutôt sec le soir et le matin, jamais de geste chaud, pas de câlins, c'est comme ça. Bien sûr, le père aime montrer qu'il est bon bricoleur, qu'il trouve des solutions à tout. Mais le fils n'est pas dupe. Il ne peut y avoir de plaisir à désembrouiller aussi longtemps un paquet de fil à l'heure où le poisson se laisse prendre. Il aurait mérité un « Tant pis pour toi, la prochaine fois tu feras attention ! ». Mais non. Avec des gestes incroyablement précautionneux, sans jamais lever les yeux, sans un seul mot, c'est comme si le père s'était mis à lui parler un langage secret. Il n'y aura pas d'effusion, juste un très long moment donné. Voilà, c'est fait. Un tout petit merci. Et une ligne démêlée à l'ombre des platanes.

Je sais pas ce qu'on leur a fait, aux jeunes

Une simple phrase dans un film, et toute une époque est cristallisée, beaucoup plus que par n'importe quelle analyse sociologique, psychologique ou politique. Le commissaire joué par Jean Rochefort promène son chien – « Il est con, ce chien ! » –, déambule aux côtés de Noiret, l'horloger de Saint-Paul dont le fils vient de se mettre en marge de la société, après avoir tué le patron de sa petite amie – un vieux libidineux, le scénario nous l'apprend peu à peu. Le père malheureux à ses côtés, Rochefort s'assoit sur un banc. Et soudain, sans rapport direct avec l'action, cette incidente :

– Je sais pas ce qu'on leur a fait, aux jeunes !

Oui, toute une époque qu'on peut qualifier « d'après mai 68 ». Ce qui est beau, c'est le modulé de Rochefort, qui prononce ces mots sans la moindre acrimonie, plutôt avec une espèce de mélancolie rêveuse et démunie. Avant, après, on parlera de crise d'adolescence, un passage normal et même souhaité, une révolte nécessaire pour commencer d'exister. Mais dans ces années-là, ce fut bien autre chose. Une mise en cause de toute la société, de tout le système économique et religieux, de toutes les formes de pouvoir, et plus encore peut-être de la famille. C'est bien sûr là, dans la chair de leur chair, que les adultes furent le plus surpris de se sentir accusés. Ils n'avaient rien vu venir. « Je sais pas ce qu'on leur a fait, aux jeunes ! » La phrase de Rochefort est belle et triste. Elle sous-entend : « On a bien dû leur faire quelque chose. » Mais elle dit aussi : « Peut-être avons-nous porté en nous des choses qui ne nous appartenaient même pas, que nous ne savons pas déceler consciemment. »

Peut-être. Mais ce qui est là c'est la rupture, le silence. Le fils de l'horloger a pris la fuite. Où s'en vont les enfants qu'on ne possédait plus ?

On peut peut-être se tutoyer ?

Ça vient au cours d'une explication animée, souvent une rencontre professionnelle, mais dans un cadre resserré, avec des documents posés sur une table de café. La proximité d'âge et de statut appelle cette proposition, émise seulement quand l'acceptation semble aller de soi :

– On peut peut-être se tutoyer ?

Ce sera plus pratique – même si on ne sait pas trop pourquoi. Plus chaleureux en tout cas – oui, l'effervescence du lieu et du moment incite à le penser. En fait, l'adoption du tutoiement apparaît alors comme un gain de temps et d'énergie. Et puis surtout, cela donne la quasi-certitude qu'il y aura une suite, que le besoin, l'envie de communiquer dans la durée se fonde sur ce tutoiement.

Étrange, cette nuance du *tu* et du *vous*. A-t-elle pouvoir de créer un rapport différent, ou est-elle la conséquence d'un rapport préexistant ? Et peut-on refuser la proposition d'un tutoiement ? À cette dernière question, la réponse est oui, à l'évidence. Quelques *vous* subtilement distillés renverront poliment le violeur dialectal à la case départ, à moins qu'il ne soit d'une épaisseur absolue.

Dans le rapport amoureux, le glissement du vous au tu marque une étape capitale, un partage de la vie que rien ne pourra remettre en cause désormais. Pour le reste, c'est parfois une question d'âge. On a tutoyé un enfant. Si ce dernier vous vouvoyait en toute logique déférente, les années ont beau passer, il aura du mal à honorer l'offre de tutoiement proposée un jour, et que vous trouveriez presque indécent de réitérer : c'est que ça doit se passer comme ça, la petite gêne provoquée par ce déséquilibre peut même rester un raffinement de plus dans une relation précieuse. À l'inverse, le passage du vous au tu peut constituer aussi une jolie progression affective, si elle s'impose naturellement. Il n'y a pas de règle.

Constatons simplement que bien des tutoiements ne correspondent à aucune proximité réelle, relèvent souvent d'une camaraderie superficielle, sans estime supplémentaire. Il y a toutefois des familiarités qui vont aussi vers la tendresse. Mais elle n'existe pas, cette phrase délicieuse qui refléterait l'apogée de la délicatesse :

– On pourrait peut-être continuer à se vouvoyer ?

On était bien sous la couette

C'est trompeur, quelquefois, la sonorité d'un mot, sa longueur, la facilité avec laquelle il entre dans l'ordinaire de nos vies. *Couette* a quelque chose de ouaté et de canaille. Il semble fait sur mesure pour ces matins d'hiver où l'on regrette à la fois la précocité du réveil et la volupté du sommeil.

C'est presque toujours un homme entre deux âges – les jeunes ne tiennent pas à passer pour des sybarites, les vieux répugnent à évoquer le relâchement de leur chair, les femmes trouvent l'allusion poisseuse. C'est un débonnaire sans coquetterie, souvent un peu bedonnant, en quête de complicité – la phrase sonne facilement au zinc d'un bar, dans un bureau, dans un couloir.

Cette évocation gourmande, d'une trivialité un tantinet provocante – même si on trouve le dormeur sympathique, on ne tient pas à partager les miasmes de son couchage, ni à communier dans la moiteur de ses abandons –, est pourtant une forme de mensonge. Être bien sous la couette est un concept habilement agencé, une formule efficace et cadencée. Mais dans la réalité, la couette se déplace, surtout quand son étoffe est soyeuse. On tâche de s'y blottir, mais les pans restent flottants, la sensation n'est pas du tout celle d'un terrier douillet. S'il y a plaisir, c'est davantage dans la légèreté, le rêve d'une lévitation sereine, une paix aérienne. Bien sûr, c'est pratique, cela ne manque pas d'allure, et dispense du couvre-lit désuet. Dans les films, la couette blanc cassé se soulève, révèle la plastique sylphide d'une belle coucheuse dénudée.

Toutes ces connotations demeurent aux antipodes de l'intrusif et avenant *on était bien sous la couette*... En fait, celui qui dit cela suggère d'autres choses. Le bien-être qu'il évoque trouverait son sommet dans le contact d'un drap de coton épais, dans le poids d'une couverture à carreaux strictement bordée, et même dans l'inconfort d'une chambre chichement chauffée. C'est là, bien serré, protégé, qu'il serait délicieux de se prendre pour un soldat de Napoléon près du feu du bivouac, la veille de la bataille de Moscou, si près de la glace et du danger. « On était bien sous la couette ! » déplore le grognard frustré.

Tu m'as rendu la vie

C'est une mère qui dit cela à son fils. Tu m'as rendu la vie. Les fils ne disent jamais à leur mère : « Tu m'as donné la vie », ça serait un truisme dans le meilleur des cas, et souvent un reproche – je n'ai pas demandé à vivre. Mais « Tu m'as rendu la vie » n'est pas non plus si fréquent dans la bouche d'une mère. Une inversion des rôles. Quelque chose de tragique a eu lieu, une longue maladie peut-être, ou plus probablement une mort brutale. Oui, la mort d'un autre enfant. La douleur la plus cruelle, la plus intolérable, la plus opposée au sens de l'existence.

On imagine. La mère est restée longtemps prostrée dans le chagrin, fidèle à son chagrin. Et puis elle a apprivoisé l'idée d'un autre enfant, pas pour effacer la mort, mais pour lui succéder. Alors, de temps en temps la phrase tombe, comme si elle lui échappait, comme si elle affleurait, malgré la volonté de ne jamais en parler. C'est dans un tête-à-tête, évidemment, cela serait impossible devant un tiers.

Pas dans un instant solennel – il n'y a pas d'instant solennel entre une mère et son fils, seulement des moments plus ou moins intimes.

Elle le voit plongé dans un roman, tellement absorbé qu'il ne percevra qu'en décalage ce message, elle pose la main sur son épaule en passant : « Tu m'as rendu la vie. » Il a un petit sourire évasif, comme si son rôle était d'entendre cette phrase et de ne pas s'en offusquer. Cela n'a rien de si facile. De plus en plus, avec les ans, c'est un poids. Il sait pourquoi il est venu au monde. De ce trop lourd, il faudra qu'il ne soit pas indigne, qu'il fasse quelque chose de sa vie. Mais la tendresse entre eux est là : une façon légère d'accepter cette lourdeur, pour elle de l'exprimer en passant, comme on dirait tu es un peu pâlot aujourd'hui ; et pour lui, de la recevoir comme s'il n'en avait entendu qu'un écho assourdi, juste senti la main sur son épaule dans la paix du soir.

Ça finit quand ?

Vraiment, une exposition à voir. L'ami qui vous en parle est emballé, par le contenu, mais aussi par la subtilité de la muséographie. « Tu peux même y aller avec tes petits-enfants, il y a des ateliers très inventifs. » Un peu étourdi par cette apologie, vous trouveriez incongru d'avouer que, conditionnement mis à part, votre peu d'intérêt pour l'artiste exposé est à vos yeux rédhibitoire.

C'est peut-être pourtant ce qu'il eût fallu dire pour couper court à tout malentendu. Mais la ferveur d'une telle plaidoirie ne peut se dissiper d'un revers de la main, ni se heurter à une abrupte mise au point. Sur le coup, il paraît beaucoup plus opportun de concéder :

– Je t'avoue que je n'étais pas tenté a priori. Mais avec ce que tu me dis…

Mauvaise piste, on le sent tout de suite. Ce n'est plus votre engouement pour l'artiste qui décidera de la visite, mais la confiance accordée au discours sur l'exposition – votre confiance dans le jugement d'un ami, peut-être même votre confiance dans cet ami.

Dès lors, un seul recours, une question très courte, posée d'un ton distrait :

– Ça finit quand ?

Si l'on vous répond après-demain, on échappe à l'excuse diplomatique. Mais si l'échéance est lointaine, vous aurez tout loisir d'affecter le soulagement, comme un premier témoignage de politesse accordé au thuriféraire. Ce sera le dernier. Car il a tort de vous phagocyter avec des précisions supplémentaires : « De chez toi, tu en as pour un quart d'heure. Tu changes à Opéra et c'est direct… »

Oui, oui, vous avez compris, ça finit le 15 avril. Vous avez bien le temps. Bien le temps d'oublier en toute mauvaise bonne foi cette demi-promesse accordée dans l'urgence. Ce n'est qu'une petite trahison, sans doute. Mais juste comme ça, pour peser le poids des enthousiasmes partagés, jouez à inverser les rôles. Combien de vos amis sont allés voir une exposition après vous avoir demandé *ça finit quand ?*

Il manque le fils Boudingras

Elle collectionne les jeux des sept familles. Depuis combien d'années ? Elle en a des centaines, de tous les genres et de toutes les époques depuis la fin du dix-neuvième – les premiers, si précieux mais incomplets – jusqu'aux jeux publicitaires des années 1960 ou 1970, avec leur design qui semblait si tendance, devenu aujourd'hui d'une audace surannée.

Au début, les trognes étaient le plus souvent cramoisies – un réalisme social très caricatural. C'est le cas de ce jeu du début du vingtième, où les familles sont asservies par leur statut social. À chaque fois, trois générations vouées au même commerce. La famille Potard est peut-être un soupçon plus bourgeoise que les autres – coiffures plus lissées, joues moins rubicondes. Les Dubifteck, les Lavinasse, les Ramona et les

Lebouif baignent pour leur part dans un univers passablement crapoteux. Vaillants et actifs, ils semblent toutefois soumis à une pauvreté débraillée, vaguement luronne, Rabelais pour l'esprit, Zola pour le porte-monnaie.

On a fait plusieurs brocantes pour regrouper les membres épars de ces brillantes dynasties. On est assez content de soi. Chercher cela en secret, cela veut dire je te connais bien, tu sauras mesurer ma constance à la persistance de ma quête, et à sa discrétion. Et puis l'histoire n'est pas finie, il y aura encore entre nous bien des pistes et des patiences. Aussi vrai que le père Lebouif refusera toujours d'aller chez le coiffeur, je suis fier de t'annoncer en toute fausse humilité, en dépit de mes trouvailles, avec un air hypocritement résigné :

– Il manque le fils Boudingras.

Je préfère Gand à Bruges

Elle paraît bien innocente, celle-là :

– Je préfère Gand à Bruges.

C'est une préférence respectable, manifestée dans un milieu social évolué. De toute façon, on est entre gens qui ont un peu l'habitude de ce genre de voyages, à la recherche d'une atmosphère cendreuse, hivernale, même au printemps ou à l'automne. On est dans un registre de Nord mental, et c'est déjà une coquetterie raffinée – on ne se précipite pas vers un soleil bestialement assuré. Donc, on est bien d'accord. On sait que l'autre connaît aussi les deux villes. Mais pourquoi y a-t-il cette petite lueur de triomphe dans l'œil de celui qui déclare : « Je préfère Gand à Bruges » ?

En fait, il sait très bien que sous l'apparence de cette simple préférence, il est en train de faire bien davantage. Il décoche une flèche très subtilement empoisonnée. On le soupçonne aussitôt d'être beaucoup moins *pour* Gand que *contre* Bruges.

Il sait que vous adorez Bruges, ou pire, si vous ne vous êtes pas encore déclaré à ce sujet, il sent tout ce qui vous pousse à préférer la Venise du Nord. La Venise du Nord ! Voilà ce qu'il n'aime pas. Une ville bijou, une ville musée, inondée de touristes. Une ville parfaite, avec tout ce que la perfection peut avoir de lisse, d'ennuyeux. Et la dentelle ! Mignardises, promenades organisées en canot à moteur ou en calèche, récriements d'admiration programmés.

Mais Gand ? Eh bien Gand est une vraie ville. Beaucoup moins d'unité, il faut le reconnaître, mais les éclats sont enchâssés dans la gangue d'une vie authentique, dynamique. Il y a aussi le charme des canaux, mais la cité ne se complaît pas dans son propre reflet.

Piqué au vif, vous poussez l'adversaire dans ses retranchements. Finalement, la supériorité de Gand, ce serait d'être Bruges en moins joli ? L'agacement devient réciproque. Mais oui, c'est un peu ça, concède-t-il, il n'est pas fou de poésie trop étouffante, trouve Bruges à la fois trop mortifère et trop sucrée. Il est original, moderne, et vous conventionnel, c'était un piège.

Étrange comme les antagonismes trouvent matière à s'exprimer dans l'apparence du consensus et de la proximité. Cinquante kilomètres à peine, un même amour des Flandres, et cependant, entre les tours de Bruges et Gand, Marieke avait-elle choisi son camp ?

Ça pousse et ça nous pousse

« Ça pousse ! » Le ton est plutôt bienveillant, avec une nuance de surprise, voire d'admiration. Mais devant l'occasion trop belle de jouer sur l'euphonie – on n'osera pas parler de rime riche – le fatalisme cornichon l'emporte. « Ça pousse... et ça nous pousse ! »

Peut-il y avoir une phrase plus bête à propos des enfants ? Et au sujet de la vie même ? C'est à peu près comme si l'on prétendait être convivial en lançant : « Chaque jour qui passe nous rapproche de la mort ! » Oui, en gros, c'est le principe. Est-il vraiment opportun de le reformuler chaque fois que le jour du marché nous incite à échanger des propos badins ? Dira-t-on que l'on caresse alors des horizons métaphysiques ?

Et puis laissons les enfants tranquilles. Nous arriverions assez bien à vieillir et mourir s'ils n'étaient pas là. D'autres y parviennent sans progéniture. Mais le *ça pousse et ça nous pousse* peut contenir aussi des allusions sournoises, gagner en méchanceté en perdant de sa stupidité. Il voudrait signifier que la peine prise en élevant des enfants accélère notre parcours terrestre. Qu'il s'agirait même de la part de notre progéniture d'une intention délibérée, le verbe « pousser » faisant si bien image. Pire encore, tout progrès de leur part, tout épanouissement serait opéré dans un esprit hostile et destructeur, toutes leurs victoires auraient pour source une volonté de génocide.

Et que dire du *ça* de *ça pousse*, de ce magma vivide et collectivisé, de cette force informulée, larvaire, obscure, obstinée à nous précipiter sur une planche savonneuse ? Qui donc a savonné la planche ? Il vaudrait mieux avoir le courage de s'en prendre au propriétaire, si l'on veut déplorer le principe de la location. Quant aux enfants, il ne faut pas pousser.

Je suis à quarante minutes de Châtelet

Quand on vit à la campagne, on habite l'espace : « Je suis à quinze kilomètres de Moissac. » Quand on vit en ville, on habite le temps : « Je suis à quarante minutes de Châtelet. » La personne qui dit cela souligne un point positif de son existence. Après tout, je ne suis qu'à quarante minutes de mon boulot à Châtelet. Mais on sait bien. Ces citadins évoquent le trajet parfait. Pas d'encombrement de rames, pas de colis piégé, pas d'accident de voyageur. Bref, ces quarante minutes sont rarement leur réel vécu. C'est le réel revendiqué. Une perte minimale d'existence. Bien sûr, on sait que tout cela vaut par comparaison. Il y a tant de gens qui prennent le train tous les matins à Lisieux, ou même à Caen. Avec le RER, plus de deux heures de transport, et chaque soir des retards, des attroupements résignés sous le panneau annonciateur de mauvaises nouvelles, à Saint-Lazare.

Mais c'est le principe qui interroge. Quarante minutes de Châtelet. Une soustraction au temps donné à vivre. Pas grave, puisque l'on fait autre chose, lecture, musique, smartphone. Mais pourquoi la phrase vient-elle aussi vite, quand quelqu'un parle de sa vie ? Plus les années passent, et plus les urbains mettent en avant ce paramètre, ce moindre mal. On se présente par sa fonction, son travail. Et aussitôt après, on évoque le temps qu'on ne perd pas – enfin, celui que l'on perd en n'en perdant pas trop.

« On ne possède rien, jamais, / Qu'un peu de temps », écrivait Guillevic. Ah oui, il est *tout* ce que l'on possède. Et certes, on ne nous l'a pas vendu. Mais pourquoi tout dans la société nous fait-il croire qu'on peut l'acheter ? Ce n'est pas une performance physique d'être à quarante minutes de Châtelet. Juste la revendication d'un statut social. Je suis riche de mon temps perdu, puisque j'en perds bien moins que d'autres. Je me venge de ce qu'on me prend en n'étant pas vraiment là où je suis. Vous me voyez dans le wagon, mais j'ai des oreillettes, un livre, ou un écran. Le temps me vole, mais je triche avec mon espace. Je souris à ce message qui vient de s'afficher sur mon téléphone. J'assume, j'assure, je partage au loin. À quarante minutes de Châtelet.

Et encore, j'en ai déjà perdu !

Pas les UV, le teint carotte de certains présentateurs de journaux télévisés, de certains hommes politiques, de certaines mariées. Non. Le bronzage mérité, patiemment recherché, bien plus laborieusement qu'on ne le justifiera : « Oui, oui, en Normandie, je travaille beaucoup au jardin ! » Ou bien : « En Bretagne, il fait si frais qu'on ne se rend même pas compte qu'on prend le soleil ! » Ou encore : « Pourtant, il faisait si chaud, on cherchait plutôt l'ombre ! »

Pensées plus ou moins jésuites, qui ont un peu de vrai, mais sont concédées avec une désinvolture travaillée. Car on n'a pas bronzé par hasard. Pourquoi cette envie ? Ce n'est plus très à la mode. Les acteurs et les chanteurs jeunes font plutôt dans l'exsangue, la pâleur expressive, indice d'un moi complexe et perturbé. On n'est certes pas revenu à la blancheur du teint des châtelaines médiévales, critère de beauté parfaite protégée par les murs et les douves. Mais malgré tout le revival de la liberté tropézienne, on a bien planté là le mythe, les belles années Bardot semblent si lointaines…

Alors ? Alors, autant se l'avouer, on trouve toujours que c'est sexy d'être bronzé. Oui, oui, la bonne mine de fin d'été n'est qu'un prétexte. La difficulté à avouer tout l'effort entrepris est révélatrice. Qui a déjà entendu : « J'ai fait tout ce que j'ai pu pour être bronzé ! » ? Pourtant, on aime ça. Le but recherché a trouvé souvent sa récompense en lui-même, la volupté de la caresse du soleil. Mais elle le serait moins si elle n'apportait, au-delà de l'instant, une promesse différée. Être plus beau, plus belle, bien sûr. Un peu plus sexe, aussi. Quelle patience n'aurait-on pas pour ça même si l'on sait bien que l'effet sera limité ? C'est bon parce que c'est éphémère.

– Drôlement bronzé, dis donc !

– Et encore, j'en ai déjà perdu !

Souris-moi

C'est un adolescent qui parle à sa mère. Pas quand il part au lycée, mais chaque fois qu'il s'échappe de la maison pour son plaisir, retrouver des copains, une fille, aller au cinéma, jouer au football.

– Souris-moi.

Pas si facile de sourire ainsi sur commande. Un peu intimidant aussi. Mais le garçon en a besoin, et la mère sait que c'est important pour lui. Alors elle sourit, avec au fond des yeux cette petite brume qu'elle a toujours – même si on ne les connaît pas, on voit qu'elle a traversé de longues tristesses, qui ne pourront jamais s'effacer. Mais devant ce fils, elle aime dire : « J'ai beaucoup de chance. » L'expression qu'elle a en prononçant cette phrase est un peu double. Elle sent très bien qu'elle porte en elle une mélancolie qui remonte à la surface quand elle parle de bonheur. J'ai beaucoup de chance, et notamment j'ai la chance que tu sois là.

Alors oui, elle obéit. Elle sourit. Elle sait bien. Il sort pour faire une chose agréable, et il en éprouve un léger remords. Ou plutôt, il ne pourrait pas en profiter vraiment si elle ne l'encourageait pas à sortir en lui montrant que ça va bien pour elle. La preuve, elle sourit. C'est plutôt égoïste de sa part à lui. Bien sûr je me soucie de toi, bien sûr tu comptes infiniment dans chaque geste de ma vie, mais c'est en te quittant que je te demande d'avoir l'air heureuse, enfin, au moins contente. Je vais faire ce que j'aime, toi, reste là, sois la maison, la permanence. C'est presque du chantage, et pourtant ça veut dire aussi que je t'aime. Essaie de me donner le change. Même si je sais qu'au fond de ton sourire il y aura cette brume.

Celui qui l'a fait ne nous l'a pas vendu

– Je vous fais perdre votre temps, Céleste.

– Monsieur, mon temps n'est pas si précieux. Celui qui l'a fait ne nous l'a pas vendu !

– Ah ! vraiment c'est très beau, cela. « Celui qui l'a fait ne nous l'a pas vendu. » Je le mettrai dans mon livre.

La gouvernante de Marcel Proust, Céleste Albaret, restitue ce dialogue dans son recueil de souvenirs *Monsieur Proust*. Que l'anecdote soit enjolivée ou non, l'essentiel demeure : la phrase figure dans *La Recherche*. Avec une naïveté apparente, un ton de sagesse populaire, elle pose de manière originale une question métaphysique. Le verbe *vendre* est savoureux. La vie. Le temps. Les deux choses que l'on ne peut acheter, les deux concepts irréductibles. Mais avant même cette impossibilité d'un quelconque commerce, la phrase évoque « celui qui l'a fait ». Céleste Albaret était probablement croyante. Pour Proust, la réponse est plus compliquée. La seule certitude, c'est que la littérature était sa religion.

Si l'on ne croit pas en Dieu, la phrase de Céleste est encore plus belle. Il ne s'agit plus alors de gratitude envers un créateur mais de tendresse à l'égard de la vie. « Celui qui l'a fait ne nous l'a pas vendu. » Le temps donné à chaque être est donc un cadeau. Pour l'auteur de *La Recherche*, obsédé par l'idée d'avoir dilapidé cette manne, d'avoir laissé sa mère mourir avant d'avoir pu lui prouver qu'il était capable de faire quelque chose de son temps, ce trait de sagesse aurait pu être insupportable.

Mais la phrase tombe juste quand il faut. Proust sent l'ampleur de ce qu'il a failli perdre. À son réveil tardif, il s'offre le luxe de bavarder un peu avec sa gouvernante. Il est en train de terminer *Le Temps retrouvé*.

Ils n'articulent plus, maintenant !

Danger ! Si quelqu'un prononce cette phrase devant vous, résistez à cet irrésistible assentiment qui vous traverse. Le temps passe suffisamment vite sans qu'il soit nécessaire de choisir le camp des vieux. Au moment de plonger, prendre un peu de recul peut s'avérer bénéfique. Au-delà de sa justesse éventuelle, l'essence du propos est réactionnaire. Il fustige en apparence une réalité concrète, mais ses connotations morales sont bien là, et déferlent aussitôt. Ils n'articulent plus, leur diction est ambiguë, traduit un manque de consistance et de rigueur. Ils ne sont pas assez forts, pas assez nets. Ils ont été élevés dans du coton – par qui ? –, ne connaissent pas grand-chose aux difficultés de l'existence. Souvent, la même personne qui déplore aura quelques instants plus tard un *je les plains* faussement compassionnel, un je les plains qui signifie surtout ils ne savent pas encore à quel point ils vont en baver, le réveil sera rude !

Pourtant, cela semble vrai qu'ils articulent moins, qu'ils parlent moins fort et moins distinctement qu'avant. Au dix-neuvième siècle, Charles Dickens faisait rire et pleurer trois mille spectateurs en incarnant sur scène ses romans. Beaucoup plus près de nous, à la fin du vingtième, les Frères Jacques terminaient leur tournée d'adieu sans la moindre sonorisation. Grande question : y avait-il davantage de silence du côté des spectateurs, ou plus de force dans l'organe des acteurs, des chanteurs ? Là encore, ne nous précipitons pas avant de répondre : les deux ! Car pour le coup nous pourrions bien passer pour de vieux schnocks. C'est tentant, évidemment, de lier les deux phénomènes : à une prononciation plus généreuse, davantage tournée vers l'autre, aurait correspondu une écoute plus méticuleuse, plus respectueuse…

Si cela était vrai, ce serait oublier que, dès l'Antiquité, des contempteurs ont décrété : « Le niveau baisse ! » Et si, depuis, le niveau n'avait cessé de fléchir, nous en serions au six centième sous-sol. Allons, il n'est pas si honteux de se l'avouer, cela semble encore plus vrai que tout le reste, et ne vaut pas que pour *maintenant* : avec le temps, on devient dur d'oreille !

C'est pas pour dire mais…

L'homme est un animal singulier. Il a reçu le don de la parole, mais l'abrite souvent sous des précautions oratoires plus ou moins subtiles. *En tout état de cause*, *en revanche*, *en même temps* précèdent alternativement ce qu'il va dire. Mais la plus étrange est sans doute *c'est pas pour dire*, suivie d'un mais qui annonce que l'on va dire beaucoup. En fait, il va moins s'agir de dire que de médire.

Et revient en mémoire cette leçon de morale sur la médisance et la calomnie, à l'époque où la morale était l'objet d'une leçon matinale, à l'école communale, jusqu'au début des années 1960. Médire y était présenté comme une faute, qui consistait à répandre une accusation possiblement fondée – mais c'était mal de la révéler. Toutefois, cette dénonciation de la médisance était complètement exonérée par l'immédiate distinction avec la calomnie, fondée sur le mensonge. On souffrait de la médisance, on mourait de la calomnie – comme dans la nouvelle de Maupassant « La ficelle » que l'instituteur avait mission de lire aux élèves du cours moyen.

Les leçons de morale sont loin, la nuance demeure. Personne ne se vante d'utiliser la calomnie. Mais que seraient les conversations, si l'on devait s'y passer de médisance ? Conversation et médisance sont synonymes, comme dire et médire. On le voit dans les propos échangés, quand l'un des interlocuteurs se met à dire *du bien*. Le plus souvent, les autres renchérissent, s'enivrent et s'émeuvent de leur grandeur d'âme – comme s'il y avait une sorte d'héroïsme à saluer les mérites d'un tiers, comme si l'apologie réclamait moins d'objectivité que d'esprit de sacrifice, louer quand on eût pu se régaler d'un paquet de ragots. On s'étourdit de se sentir si généreux, si bon, si positif. Cela devient tellement surjoué que cela dit de nous tout le contraire. Qui veut faire l'ange fait la bête.

Je reviens vers vous

C'est une image. Votre interlocuteur vous appelle au téléphone, ou vous adresse un mail. Son *je reviens vers vous*, s'il ne nécessite aucun déplacement physique, traduit un engagement mental dont vous devez lui être reconnaissant. Quoique. La formule avoue aussi une certaine lenteur à rétablir le contact, et espère une attente impatiente de votre part. Mais quoi ? Vous auriez du mal à suspecter la négligence ou la mauvaise foi, puisqu'on revient vers vous. Clairement, le reveneur vers vous a un emploi du temps des plus chargés, votre cas a été pris en compte, mais il ne constituait pas une priorité absolue.

Est-ce une bonne nouvelle ? Plutôt pas, la franchise du *je reviens vers vous*, sous sa bonhomie dynamique, devance une argumentation qui peut aller jusqu'au refus. Il faut juste savoir gré de la franchise annoncée d'une réponse, mais ça serait un peu trop de compter qu'elle soit positive.

En fait, ce *je reviens vers vous* est souvent le second. Lors d'un premier échange, vous avez eu le sentiment que tout était possible, mais la conversation s'est close sur cette formule dont vous aviez bien senti la nuance dilatoire, même si elle était suivie du mensonger *très vite*. Ah ! tous ces gens qui ne vous oublient pas, qui gardent le contact, et dont vous auriez dû sentir dès l'abord que leur esprit de décision concernait surtout le désir de diluer, de différer. Soyez heureux, ils reviendront vers vous. Mais ce sera pour disparaître.

Je faisais onze secondes au cent mètres

Les Gascons et les Marseillais ont la réputation de l'exagération verbale. Mais il est un domaine où tout l'Hexagone manifeste des tendances méridionales : c'est celui des prouesses sportives. Il s'agit bien entendu d'exploits appartenant au passé, et revendiqués presque exclusivement par la gent masculine. Une phrase semble archétypale de cette attitude : « Je faisais onze secondes au cent mètres. » Certes, même il y a quarante ans, ce temps ne constituait pas un record de France, ni de Franche-Comté. Mais on reste un peu rêveur. On insiste :

– Onze secondes juste ?

– Oui, oui, en chaussures de tennis, et sans entraînement.

Il ne faut pas le cacher, on est un peu vexé. On pratiquait l'athlétisme assidûment, et on rencontrait pour sa part beaucoup de difficultés à descendre nettement sous les douze secondes. Ce qui semble suspect, c'est le onze secondes juste, comme si d'éventuels dixièmes de seconde en sus avaient été balayés par la mémoire. Pour un sportif doué, mais non spécialiste, il est tout à fait envisageable de réaliser 11 s 9, voire 11 s 8. Onze juste, c'est une autre planète. Un jour, au cours d'un exercice militaire, un garçon chaussé de simples tennis et qui n'avait jamais fait d'athlétisme courut le cent mètres en onze secondes. Il s'appelait Gilles Quénéhervé, et il devint vice-champion du monde. Les dizaines de milliers d'autres qui sont censés avoir affolé le chronomètre de la même façon ne figurent pas sur les tablettes.

L'exagération mâle du passé sportif prend souvent les mêmes formes, à la limite du vraisemblable. Les tennismen ont été classés 4-6, les footballeurs jouaient en CFA. C'est toujours la cour de l'école. Être plus fort que l'autre. Les hommes ont cette propension ridicule à faire de tout une compétition sportive. Premier prix de Conservatoire. Deuxième au concours général. Souvent, la procuration leur suffit : dominer à travers leur progéniture, un neveu, un filleul, le fils d'un ami.

Et l'on se rappelle alors ce célèbre écrivain octogénaire dont la notoriété était telle qu'avant de le rencontrer on l'imaginait plutôt dans une espèce de rétractation sociale qui eût rendu les échanges supportables. Mais presque dès l'abord, et comme un bon bourgeois insatisfait, le grand homme vous avait asséné cette performance très peu vérifiable : « Ma petite-fille est la plus jeune agrégée de France. »

J'dis ça, j'dis rien

Ils sont plutôt décontractés, ils n'ont pas peur de manifester une franchise à la limite de l'insolence. Mais quand ils lancent un jugement qui pourrait faire un peu ruer dans les brancards, ils effectuent aussitôt après un repli assez curieux. « J'dis ça, j'dis rien ! » C'est une espèce de précaution postoratoire, parfaitement ambiguë, dont la subjectivité rejaillit sur la fadeur de l'interlocuteur. C'est infinitésimal, mais celui, celle à qui l'on lance un « J'dis ça, j'dis rien » peut se sentir suspecté de ne proférer pour sa part que des opinions banales, ou politiquement correctes. En face, il y a peut-être un courageux, ou du moins quelqu'un qui se moque des conséquences.

Pourtant, si l'on prenait l'expression au pied de la lettre, on devrait y voir une proposition d'effacement. Faites comme si je n'avais rien dit, j'ai parfois de ces saillies qui me viennent sans réflexion, je vous ai peut-être choqué, passez l'éponge.

C'est la partie revendiquée du message. Si j'ai quitté le mode du consensus, c'était sans intention agressive. Ça vient un peu comme un « pardon » après un renvoi ou une flatulence.

Et c'est là justement que ça devient légèrement obscène. Après tout, je suis comme ça, brut de décoffrage, mais avouez qu'on commençait à s'ennuyer un peu. Dans le meilleur des cas, cela peut être drôle comme l'invité qui s'esquive en lançant : « C'est pas qu'il se fasse tard, mais je m'emmerde ! », déclenchant une hilarité rassurante et complice.

Attention, malgré les apparences, c'est tout sauf une rétractation ! La vérité qui est sortie de moi, je ne l'avais pas sommée d'apparaître, mais elle ne choisit pas son heure. Les usages du badinage ne sauraient légitimer qu'on souligne d'un trait d'encre rouge cette maxime intolérante et justifiée. Restons bons amis, vivons l'instant léger, oublions que j'aie pu un moment sembler propriétaire et responsable de cet avis sans concession qui n'a fait que me traverser, ne vous demandez pas s'il me révèle.

Pour être tout à fait honnête avec toi...

Houla ! Un bien étrange préambule. Du coup, on va se concentrer beaucoup moins sur le message – au demeurant souvent anodin, et qui ne nécessitait pas pareille mise en garde – que sur la duplicité de la formule. Beaucoup de choses en peu de mots. Cela suppose déjà que votre interlocuteur envisage l'honnêteté de manière peu frontale. Il y a des occasions où il ne la pratique guère. Il doit se faire une idée très personnelle de ce que serait la franchise, puisqu'il est capable de la moduler, de la nuancer, et très vraisemblablement de s'en abstenir. Certes, la vie sociale fait souvent préférer les Philinte aux Alceste, mais on a affaire ici à un Philinte des plus retors, un accommodeur, un pactiseur, un roué diplomate.

Le *avec toi* n'arrange rien. En l'occurrence, il ne s'agit manifestement pas de parler à quelqu'un d'autre. S'agit-il pour autant d'être honnête avec vous alors qu'on est malhonnête avec les autres ? On se dispenserait bien de ce privilège, car on va vous dire quelque chose de désagréable, et on tient à vous annoncer que vous devrez manifester quand même de la gratitude, puisqu'on aura poussé la sincérité jusqu'au *tout à fait*. On pense alors à cet ancien ministre, aujourd'hui déchu pour fornication aggravée, qui avait l'habitude de commencer la plupart de ses phrases par « honnêtement ». L'honnêteté, une vertu qui semble d'évidence pour ceux qui la pratiquent, et fait jeter le voile de la méfiance sur ceux qui la revendiquent.

Oui, mon brave Milou…

C'est la première image des *Cigares du pharaon*. Tintin est accoudé au bastingage du navire. À ses côtés, Milou, en équilibre sur la rambarde, écoute son maître énumérer les destinations qui les attendent : « Oui, mon brave Milou, demain nous arriverons à Port-Saïd… » Il fait beau, le jeune reporter s'enivre de cette promesse d'un voyage au long cours. Il dit « mon brave Milou », et l'adjectif est un peu ambigu. Milou est-il brave seulement en tant que fidèle compagnon de toutes les aventures de son maître, ou parce qu'il y a fait preuve de courage, et bien souvent d'initiative ?

Il y a une troisième connotation dans cette *bravitude*. Milou l'exprime dans les vignettes suivantes avec cet anthropomorphisme hergéien singulier qui fait dire au chien des choses que lui seul et le lecteur comprennent – son maître et ses compagnons sont persuadés qu'il est dépourvu de langage humain. En fait, Milou préférerait rentrer à la maison. Malgré son dynamisme pétaradant, sa soif de grands espaces, Tintin le sait bien. Dans une part de lui-même, qu'il néglige quand le vent se lève, dort le désir de vivre heureux et paisiblement en compagnie de Milou, avec de longues promenades dans la campagne. Quel serait le prix de l'aventure s'il n'y avait, toute proche, la possibilité de sa négation ? Sur le pont du bateau, Tintin s'étourdit de tous les lieux du monde, comme un enfant déchiffrerait des noms sur un globe terrestre. Une légère perversion le pousse à associer Milou à cet enthousiasme. C'est comme dans presque tous les couples qui tiennent bon, quand l'un soutient généreusement la passion de l'autre, même s'il aimerait mieux le garder pour lui seul.

Ne rentre pas trop tard, ne prends pas froid !

Dans « Avec le temps », Léo Ferré évoque par cette phrase « les mots des pauvres gens ». La chanson est bouleversante, mais il est assez étonnant de voir attribuer ces mots aux *pauvres gens*. Aux gens pauvres ? Peut-être davantage aux gens simples, mais on ne pouvait guère écrire « aux mots des simples gens ». Et peut-être Léo a-t-il raison. Les gens riches ou socialement plus haut placés disent-ils moins ou ne disent-ils pas : « Ne rentre pas trop tard, ne prends pas froid » ?

En fait, le début de la phrase pourrait relever de l'ordre déguisé, ou de la mise en garde. Mais « ne prends pas froid » dirige la perspective ailleurs, penche vers la sollicitude affectueuse, le souci de l'autre pour lui-même, et non pour soi. S'il y a un danger de prendre froid, c'est que rentrer trop tard cache également un risque – trop tard, les rues ne sont plus si sûres, on ne sait jamais. Sans doute Léo Ferré veut-il suggérer l'idée que les pauvres gens n'ont pas d'autre façon de se dire je t'aime. Il n'y a pas là de la condescendance, mais une compréhension de la pudeur, l'ancrage de la relation à l'autre dans la chair des jours, sans lyrisme affecté. On partage la vie, et quand on se sépare le soir c'est un peu contre nature, on ne saurait le faire sans un conseil ou deux : des mots comme une écharpe ; la fin de la phrase a cette douceur de laine au bord des lèvres, je tiens à toi, surtout ne prends pas froid.

Vous me flattez

C'est une phrase qu'on devrait prononcer avec sévérité, sur un ton de reproche et d'agressivité : vous me trompez, vous m'abusez, vous vous jouez de moi – dans quel but, pour faire tomber de mon bec quel fromage ? Mais la nature humaine est telle qu'en dépit des mots prononcés la lucidité n'est pas de mise. On sourit, on se compose le masque un peu contraint de la fausse modestie.

La Bruyère perçait à jour cette petite comédie lorsqu'il écrivait : « Le flatteur n'a pas assez bonne opinion de soi ni des autres. » Selon lui, il n'y a pas de flatterie sans mépris de soi ni mépris d'autrui. Des deux côtés, il y faut donc de la bassesse. Bassesse de celui qui ment, bassesse de celui qui aime qu'on lui mente. Nos moralistes classiques avaient avec le spectacle de la cour l'occasion de conforter un pessimisme radical.

Mais l'absolue sincérité dans les échanges entre les hommes est seulement virtuelle. Molière est assez Alceste pour inventer Alceste, mais il n'est pas Alceste. La langue n'a pas tant bougé depuis le dix-septième. Et les hommes encore moins. Il y a des cours partout, souvent loin de Versailles. On souriait alors sous la perruque, avec un petit air contrit, mais en se rengorgeant, le coulis de framboises faisait son effet. On sourit aujourd'hui de même. Ces compliments que l'on m'adresse sont sans doute outranciers, mais ils restent en partie fondés, je ne peux en douter. En disant : « Vous me flattez » je ne veux pas y couper court, mais en entendre davantage. D'ailleurs, souvent, j'ajoute : « Vous me flattez, c'est trop ! » Quel trop ? C'est seulement cela qui est en cause. Je suis sincère. Je ne me connais pas assez pour me coller une étiquette avec un prix précis. Et puis surtout, je ne suis qu'homme. Mon prix n'est pas si fixe, son cours est fluctuant. Je vaux ce qu'on m'estime, et ne suis pas assez orgueilleux pour mépriser toutes les vanités.

Il en fallait

Vous achetiez votre baguette, vous ne pensiez pas tenir un propos extrémiste en déplorant cette pluie glacée qui crispe tous les sorteurs matinaux dans une posture renfrognée. C'était vraiment du ton sur ton, juste pour donner un peu d'humanité à la désolation collective. Mais pas de chance, vous vous êtes retrouvé piégé. Certes, vous avez reçu l'approbation professionnelle de la boulangère et de la vieille dame qui distille de la petite monnaie devant vous. Mais dans le fond du magasin, une voix mâle s'est élevée, sentencieuse et sans recours :

– Il en fallait !

Vous vous retournez. La silhouette massive et l'expression impavide du juge de paix n'invitent pas au dialogue. À quoi bon s'étonner ? Vraiment, il en fallait ? Vous le connaissez vaguement, cet approbateur des bourrasques. Il travaille chez Schneider et habite en immeuble. Vous ne l'auriez pas imaginé taraudé par un souci agricole.

Mais vous le sentez bien. Son propos dépasse le cadre des intérêts particuliers. Il ne prêche pas pour sa paroisse, lui. Il ne cultive ni lin, ni tournesol, ni jardin potager. Mais simplement il pense aux autres. Plus encore, il proclame la nécessité d'un équilibre écologique débarrassé des contingences, et ramasse tout ce qu'il y a en lui de justesse et dc justice en rendant son verdict.

Comment, vous ne l'aviez pas vu ? Mais c'était sec, bon sang, si sec sur les gazons autour de la mairie. Si sec sur l'idée même de la région, de la province, si sec sur l'harmonie planétaire. Dans le petit monde chaud de la boulangerie, vous n'aviez pas envisagé la nécessité d'un moralisateur. Mais c'était évident. Il en fallait.

Moi, je ne sais pas faire

Les autres sont mielleux, sournois. Ils cachent leur hostilité sous un sourire faux. « Moi, je ne sais pas faire ! » Ce rejet de l'hypocrisie ambiante devrait engendrer la sympathie. Il suscite pourtant une légère irritation, et parfois même la méfiance.

D'abord, ce *moi*. Tout le reste se tient donc à l'ombre de cette haute idée que le pourfendeur se fait de lui-même. Même avancé sur le ton le plus modeste, ce moi est un soleil qui nous aveugle. Nous avons affaire à quelqu'un qui sait s'analyser, et se proclame différent. L'espace d'un instant, on envie ses certitudes. Pas si facile de se connaître. On se trouve pour sa part si changeant, courageux parfois, le plus souvent assez lâche. Mais nous avons affaire à quelqu'un qui sonde les autres, la mauvaiseté des autres.

Cette lucidité paraît suspecte. L'instructeur à charge est bien sûr de son fait !

L'agacement tient surtout à l'incompétence revendiquée du grand sincère. Son intransigeance est supposée venir d'une incapacité : *je ne sais pas*. Je ne sais pas, je ne suis pas assez roué, je ne sais pas feindre. Voire. Pour un adepte de la limpidité, notre sensible est bien contorsionné. Il faut aller chercher sa brutalité, son impossibilité à arrondir les angles dans un aveu de supposée maladresse. Il est censé être naïf, et met au jour pourtant tout le caché des autres.

On aime la misanthropie de Cyrano parce qu'on la voit en action. Il prend des risques, il fait. Mais quel crédit apporter à celui qui se contente de la parole ? Il décrypte le *mal*, et désigne son *bien* sous une forme alambiquée, coquette. Le sincère autoproclamé sait trop de quoi il parle. À l'écouter, on le ressent physiquement, on en est sûr : ceux qui ne savent pas faire ne disent pas *moi, je ne sais pas faire*.

Tu n'as pas lu *Au-dessous du volcan* ?

La surprise n'est pas feinte. Elle a une connotation assez gratifiante. Comment, toi si lettré, tu ne connais pas *Au-dessous du volcan* ? Toi, si proche de moi ? La phrase a par ailleurs le pouvoir de réveiller une inquiétude que l'on croyait assoupie. Oui, cette idée qu'il y a des fondamentaux dans la culture littéraire, avec des œuvres qu'on ne peut pas se permettre d'ignorer. Les manuels de littérature du genre Lagarde et Michard en dessinaient aux années de lycée l'exigence abstraite et redoutable. On se sentait complètement inculte, réduit à quelques coups de cœur dont on ne se disait pas qu'ils révélaient le début d'une personnalité, mais stigmatisaient au contraire une superficialité désolante. La Culture existait, monolithique, incontournable. Et il fallait se résigner – on ne serait jamais cultivé. C'était bien sûr l'habitude d'être jugé, par des professeurs plus ou moins sévères, mais au-delà par une idéologie étouffante, un couvercle posé sur nos élans velléitaires.

Après, cela s'arrange. On n'est plus soumis au diktat de l'école. Peu à peu on se rend compte d'abord qu'on ne peut pas tout connaître, et ensuite, plus utilement, que les autres ont aussi leurs failles, même ceux qu'on supposait les plus solides et les plus complets. Et puis c'est cette notion de complétude et de solidité que l'on finit par mettre en cause. À quoi bon être exhaustif comme messieurs Lagarde et Michard ? Il n'en est rien sorti qu'un manuel littéraire, bien discutable dès qu'il s'approche des années contemporaines – et peut-être aussi arbitraire quand il juge du passé. Chez eux, Diderot n'a pas la profondeur de Rousseau, et Gide mérite plus de pages que Proust.

Alors, même si la personne qui nous demande si on a lu *Au-dessous du volcan* semble faire référence au socle de connaissances indispensables, on doit le prendre autrement. Il y a là simplement une soif nouvelle à étancher, un pur plaisir de révélation tardive – cette proposition inespérée de découvrir des terres inconnues, cette idée retrouvée et désormais délicieuse qu'on ne sera jamais *cultivé*.

Table

DU MÊME AUTEUR

Le Bonheur, tableaux et bavardages
Le Rocher, 1986, 1998
et « Folio », n° 4473

Le Buveur de temps
Le Rocher, 1987, 2002
et « Folio », n° 4073

Les Amoureux de l'Hôtel de Ville
Le Rocher, 1993, 2001
et « Folio », n° 3976

L'Envol
Le Rocher, 1996
Magnard, 2001
et « Librio », n° 280

Sundborn ou Les Jours de lumière
Le Rocher, 1996
et « Folio », n° 3041

La Première Gorgée de bière
et autres plaisirs minuscules
Gallimard, « L'Arpenteur », 1997

La Cinquième Saison
Le Rocher, 1997, 2000
et « Folio », n° 3826

Il avait plu tout le dimanche
Mercure de France, 1998
et « Folio », n° 3309

Paniers de fruits
Le Rocher, 1998

Le Miroir de ma mère
(en collaboration avec Marthe Delerm)
Le Rocher, 1998
et « Folio », n° 4246

Autumn
Le Rocher, 1998
et « Folio », n° 3166

Mister Mouse ou La Métaphysique du terrier
Le Rocher, 1999
et « Folio », n° 3470

Le Portique
Le Rocher, 1999
et « Folio », n° 3761

Un été pour mémoire
Le Rocher, 2000
et « Folio », n° 4132

Rouen
Champ Vallon, 2000

La Sieste assassinée
Gallimard, « L'Arpenteur », 2001
et « Folio », n° 4212

Intérieur : Vilhelm Hammershoi
Flohic, 2001

Monsieur Spitzweg s'échappe
Mercure de France, 2001

Enregistrements pirates
Le Rocher, 2004
et « Folio », n° 4454

Quiproquo
Le Serpent à Plumes, 2005
et « Petits Classiques Larousse », n° 161

Dickens, barbe à papa
et autres nourritures délectables
Gallimard, 2005
et « Folio », n° 4696

La Bulle de Tiepolo
Gallimard, 2005
et « Folio », n° 4562

Maintenant, foutez-moi la paix !
Mercure de France, 2006
et « Folio », n° 4942

À Garonne
Nil, 2006
et « Points », n° P1706

La Tranchée d'Arenberg
et autres voluptés sportives
Panama, 2007
et « Folio », n° 4752

Au bonheur du Tour
Prolongations, 2007

Coton global
Circa 1924, 2008

Ma grand-mère avait les mêmes
Les dessous affriolants des petites phrases
« Points Le Goût des mots », 2008 et 2011

Quelque chose en lui de Bartleby
Mercure de France, 2009
et *« Folio »*, n° 5174

Le Trottoir au soleil
Gallimard, 2011
et *« Folio »*, n° 5403

Écrire est une enfance
Albin Michel, 2011
et *« Points »*, n° P2976

Je vais passer pour un vieux con
et autres petites phrases qui en disent long
Seuil, 2012
et *« Points »*, n° P3230

Les mots que j'aime
« Points Le Goût des mots », 2013

Elle marchait sur un fil
Seuil, 2014
et *« Points »*, n° P4070

La Beauté du geste
Seuil, 2014
Et *« Points »*, n° 4668

Les Eaux troubles du mojito
et autres belles raisons d'habiter sur terre
Seuil, 2015
et « Points », n° 4422

Journal d'un homme heureux
Seuil, 2016
Et « Points », n° 4687

EN COLLABORATION AVEC MARTINE DELERM

Les chemins nous inventent
Stock, 1997
et « Le Livre de poche », n° 14584

Fragiles
Seuil, 2001 et 2010
et « Points », n° P1277

Les Glaces du Chimborazo
Magnard Jeunesse, 2002, 2004

Paris, l'instant
Fayard, 2002
et « Le Livre de poche », n° 30054

Elle s'appelait Marine
Gallimard Jeunesse, « Folio Junior », n° 901, 2007

Traces
Fayard, 2008
et « Le Livre de poche », n° 32381

Secrets d'albums
Seuil, 2016

POUR LA JEUNESSE

En pleine lucarne
Milan, 1995, 1998
et « Folio Junior », n° 1215

C'est bien
Milan, 1995
et Milan poche, « Tranche de vie », n° 37

Sortilège au Muséum
(illustrations de Stéphane Girel)
Magnard, 1996, 2004
et « Folio Junior », n° 1707

La Malédiction des ruines
Magnard, 1997, 2006

C'est toujours bien !
Milan, 1998
et Milan poche, « Tranche de vie », n° 40

Ce voyage
Gallimard Jeunesse, 2005

C'est trop bien
Milan, 2017

RÉALISATION : NORD COMPO À VILLENEUVE-D'ASCQ
IMPRESSION : NORMANDIE ROTO IMPRESSION À LONRAI
DÉPÔT LÉGAL : JANVIER 2018. N°134278 (1704703)
Imprimé en France